誰もいない夜に咲く

桜木紫乃

角川文庫 17767

誰もいない夜に咲く

目次

波に咲く

五日間吹き荒れた風が一日止《や》み、再び五日荒れた。沢崎秀一《しゅういち》は眼下に広がる日本海を見下ろした。十一月、冬の気配が山と海の両方から押し寄せている。山すその丘陵地帯に並ぶ白いプロペラが、垂れ籠《こ》めた銀鼠《ぎんねず》色の雲の下で悠然と回っていた。見続けていると、どんどんプロペラと呼吸のタイミングがずれていく。

勢いをつけて牛舎のシャッターを持ち上げた。二十五メートルプールとほぼ同じ広さの牛舎に生きものの体温が充満している。秀一は配合飼料と寝藁《ねわら》の準備をして、糞《ふん》尿《にょう》溝のコンベアーを作動させた。牛飼いの働き手として一人前になったのは中学の頃だった。この朝は二十年ほぼ変わらずにある。

秀一が白い息を断ち切るように「おぅ」と大声を張り上げると、薄暗い牛舎の中、目ばかりぎょろぎょろと光らせた牛が一斉に啼《な》き始めた。今日は朝の給餌《きゅうじ》を終えたあと、妻の花海《ホアハイ》を隣町の書道教室へ送る日だった。週に一度、花海の稽古《けいこ》日である木曜日の午後はふたりで外出してもいいことになっている。

父親の謙三も母親のタツ子も、花海が嫁に来てからほとんど牛舎に出入りしなくなった。五十五歳で引退という事実は、後継者を育てあげた謙三の、いちばんの自慢だった。謙三は好きな時間に出掛けては同世代の仲間のところで油を売って帰ってくる。立ち寄り先には後継者のいない牧場もあった。そうした謙三のふるまいを羨《うらや》ましがる人間は、同時に彼の陰口を流すことも忘れない。

両親が退いた後の労働は若い夫婦に引き継がれた。秀一は黙々と与えられた仕事を続ける。文句を言ったところで何も変わりはしないということを、幼い頃から体の隅々に叩《たた》き込まれている。牛飼いとはそういう仕事であり、この家に生まれたからには当然のことと諦《あきら》めてもいた。

秀一はいつもより仕事のピッチを上げた。今日はさっさと作業を終えて、花海を家から連れ出してあげたい。家に居ると母親のタツ子の不機嫌が際限なく膨らんでいきそうなのだ。

「だいたい、健康診断書なんてものが嘘っぱちだったんだ。子供ができるかどうか、日本語を喋《しゃべ》れるようになるかどうかまでちゃんと検査してから寄越せっていうんだよ、まったく」

花海が沢崎牧場にきてから、そろそろ一年が経とうとしている。

一年前、村には農業研修という名目で五人の中国娘がやってきた。娘たちは二十歳から二十五歳までの年齢で、みな貧しい村の出身だった。研修生の受け入れ先に与えられた条件は後継者はいるが嫁がくる予定のない家。

五人のうち結婚までこぎ着けたのは、二十五歳の花海と、海岸部に近い佐藤農場へ嫁いだ二十歳の小玲《シャオリン》のふたりだ。秀一と花海は五歳違いだが、佐藤は五十歳で初婚。

村はしばらくの間、彼らの三十歳という年齢差をおもしろ可笑《おか》しく話題にした。

しかし、小玲は半年前に婚家を飛びだし、今は行方がわからなくなっていた。小玲が家をでたという噂は、長い尾ひれを付けながら自由に村を泳ぎ回っている。海岸線の国道で大型トラックに乗り込むのを見た者がいるとか、姑《しゅうとめ》が掃除のやり方を叱ったら裸足《はだし》で逃げたなど、耳に入る話を合わせると、彼女が何人もいるようだ。夫はというと特別騒ぎ立てもせず、毎日変わらず牛の世話をしているという。

結局、渡航費用や世話人への謝礼など事業費負担が予想より大きく、村の嫁来い運動は一回で終わってしまった。村が手を引いた途端、世話人からの連絡も途絶えた。しかし結婚話を進める際に聞いたところによれば、花海の父親は書道家だという。しかし生まれたところは、文化人の肩書きなど何の役にも立たないような貧しい村という話だった。

牛の世話をしていると、生き物がみな平等に生かされることなどないことがわかってくる。明日生まれる予定の肉牛にしても、血統のいいもの、高い牛の種付けだったものが高値で取引される。

タツ子の苛立《いらだ》ちは、そのまま言葉になってしまうのでたまらなかった。

「子牛が生まれるたびに気が滅入《めい》る。せっかく嫁を買ったってのに、一年経ってもまだ腹がふくらまないなんてさ」

「牛だって種つけりゃ子っこ産むのに」

花海の前で語られる両親の会話はあけすけで品がない。秀一は、花海が多少でも両親の言葉を理解しているかもしれないと思うとき、唇を噛《か》んで恥ずかしさに耐えた。

午前十時。白い息を吐きながらスコップと一輪車の始末をしている花海を盗み見た。

秀一は、花海と初めて同じ部屋で過ごした夜、妻となる彼女に向かって言った。三十歳になるまで女を抱いたことがない事実を、花海には正直に告げたのだ。言葉が通じていなくても構わなかった。

「僕は、嫁が欲しくてあなたと一緒になるわけじゃない。あなたと暮らしたかったから、お嫁さんになってもらうんです。僕の言っていること、わからないと思うけど、あなたがわからなくても僕が言ったという事実は残るから。これは僕が僕にする約束なんです。ずっと一緒にいますから。護《まも》りますから、安心してください」

青白く艶《つや》やかな頬を上下させて頷《うなず》いた花海の、精一杯の笑顔を思いだす度に胸が締めつけられた。

「なぁ花海、お前本当は日本語喋れるんじゃないのか」

秀一は軍手や作業着についた藁を払いながら訊《たず》ねた。花海は曖昧《あいまい》な微笑みを浮かべて秀一の顔を見ている。

「俺、お前のこと頭の悪い女だとは思えないんだ。ときどき、こいつとぼけてるんじゃないかって思う。もしそうなら俺にだけは言ってくれないかな。親父やおふくろには言わないからさ」

頬をわずかに上げて花海が瞳《ひとみ》をくるりと動かした。初めて会ったとき既に、花海の黒々とした長い髪、愛嬌《あいきょう》のある丸い瞳と、常にやわらかく持ち上がっている口角に気持ちを奪われていた。それはたしかに恋であったろうと秀一は思う。

「言いたくないなら、それでもいいよ。俺が北京語勉強してもいいんだけど、そうするとまた母さんがうるさいから」

花海は息のかかる距離に立つと、持ちあげた秀一の右手を両手で挟み、自分の胸元で軽く叩いた。

花海の身長は百七十センチの秀一とほとんど違わず、肩や腰は日本人の女よりもがっしりとしている印象があるが、実際は食べてきたものの違いからか、日本人よりも骨が細いという。

結婚の条件は中国の実家へ月五万円の仕送りをすることと、書道を続けるということだった。父親から学んだ技術を日本で活《い》かしたいという希望を、世話人を通して知らされている。

花海は稽古先へと向かう車の中、秀一の胸ポケットを指さした。ポケットには仕送り用にとタツ子から渡された五万円が入っている。タツ子はその金を財布から出すまであいだ、ずっと嫌みを言い続けていた。いくら花海でも、それが自分にまつわる金であることくらいはわかるだろう。花海は手のひらを差し出し、くれという仕草をした。そしてハンドルを握りながらうろたえる秀一の横顔を、まっすぐに見詰めていた。

「いったい何に遣うつもりだ」

花海はくるりとした瞳を細めて唇を引き結び小さく頷く。秀一は市街地へ入る手前の信号待ちで、花海に胸ポケットの中の五万円を渡した。万が一故郷へ送っていないことが判っても、自分が遣い込んだことにすればいいことだ。

すっかり日の暮れた帰り道、墨の匂いを漂わせた花海を助手席に乗せて海岸線を走っていた。出掛ける前にタツ子に言われた言葉が、今日の冬雲そっくりな灰色の塊となって胸底からもち上がってくる。

「これは父さんとさんざん話し合った結果だからさ」

タツ子は免罪符のように、言葉に詰まると必ずそう挟み込んだ。タツ子の話は、このまま沢崎の家が絶えてもいいと思うか、という問いで始まった。

言葉上は花海を哀れんだり、秀一に済まないことをしたと繰り返してはいるが、結局のところいちばん花海に不満を抱えているのは母だった。

秀一は母親の機嫌を損ねないよう気をつけながら話の腰を折った。

「で、母さんは一体なにが言いたいの」

タツ子は、あたしだってこんなこと言いたくないんだけど、と呟《つぶや》いたあと、ため息をひとつついた。

「うちの子供にはかわりないって言うんだよ」

言いながら額の生え際に粟粒《あわ》のような汗を浮かべ悔しそうな表情を隠さない。

――このまま佐藤のところの小玲のように逃げられてはたまらない。村の人間に笑われるのはもっと我慢できない。かといって月五万の金だけで留《とど》めておくのは心もとない。跡取り欲しさに好きでもない女と一緒にさせてしまったことは謝る。しかし、親としてその責任は取らねばならない。

タツ子は、花海になにがなんでも沢崎家の子を孕《はら》ませねばならないと結び、秀一が幼いころに罹《かか》ったおたふく風邪のことをぼそぼそとつけ加えた。しかしそこまで言い終えると、まるで憑《つ》き物が落ちたように穏やかな眼差《まなざ》しになり、秀一を呆《あき》れさせた。

タツ子は秀一が無理ならば、夫の謙三の子でも構わないと言うのである。

タツ子は媚《こ》びてしなだれかかるような声をだし、胸元で手を合わせた。

「このままじゃお前も不安だろう。わたしだってずっと反対してたんだ。そんな気持ち悪いことできるわけないだろうって」

両親がつまらない考えに取り憑かれてしまったのは、これから春までのあいだ人の背を越すほど降り積もる雪と、季節に閉ざされてゆく村の生活のせいに違いない。

「正気とは思えないよ」

自分の気持ちが置き去りにされていることが腹立たしく、悔しかった。

岬の駐車場に車を停めた。夏は黄金色の夕日を見にやってくる観光客で一杯だった駐車場も、今は半分以上雪が吹きだまっている。車のライトに照らされた岩場では、波の花が飛び散っていた。暗闇でふわふわと頼りなく飛んでいる泡が、着地する場所を探してさまよっている。花海がくるりとした眼差しで秀一の顔を覗《のぞ》き込んだ。

フロントガラスを海に向けていると、潮の粒でガラスが見る間に曇った。ライトを消すと、運転席の計器類に照らされた秀一の指先がぼんやりと緑色に染まる。蜂蜜《はちみつ》に似た花海の香りに、かすかに牧草と墨のにおいが混じっている。秀一は運転席の窓を開けていたたまれない気持ちから逃げた。冷えた外気がなだれ込み、いっとき吐息を白く変える。

タツ子が言ったことを、花海に話すつもりはなかった。まっすぐ家に戻る気も起きない。このまま朝までここにいたら、ふたり一緒に凍え死んでしまうだろう。正気じゃないのは俺のほうだろうかと疑った。

花海はフロントガラスを眺めたり、ときどき秀一の方を盗み見ている。

「なぁ花海、なにか喋《しゃべ》ってくれないかな。俺とふたりでいるときだけでいいから。そうすれば、もっとお前を護れると思うんだ。そろそろ独り言もつらくなってきたよ」

まるで岩のくぼみでゆらゆらと漂うくらげのようだ。幾度か呼吸を数え、最後の一度を深く吸い、吐いた。

「いいか、話せても話せなくても。花海は俺が護る。約束もちゃんと守る」

気障《きざ》な言葉も平気で言えるのは返答を期待していないせいだ。花海が再び秀一の右手を両手で包み、手の甲をポンポンと軽く叩《たた》いた。指先のひび割れが秀一の手の甲を軽く引っ掻《か》いた。秀一は、妻の手を握り返し、引き寄せてその口元に自分の唇を近づけた。

這《は》わせた手のひらで探りあてた乳房を包んでみる。しかし欲望は体の中心に集まってはこなかった。花海の手が秀一のセーターの裾《すそ》から滑り込み、背に触れた。持ち上がっているサイドブレーキが、助手席に伸ばしてねじった秀一の脇腹にくい込む。エンジンがときどき思いだしたように轟《とどろ》いている。秀一の内部からじわじわと寒さが滲《にじ》みだした。

十二月も半ばを過ぎる頃になると、毎日雪が降り、除雪を怠るとすぐに胸の高さまで雪が積もる。秀一と花海が朝の給餌《きゅうじ》をしているあいだ、謙三はトラクターに除雪用の鉄板を取り付け、国道まで一キロの私道を除雪する。こまめに除雪しないと、高い場所にある牧場はすぐに離れ小島になってしまう。謙三は牛舎には寄りつかなくなったものの、好きな仕事は譲りたくないらしく、自分が手入れをしているトラクターを使うときだけは嬉々《きき》として外にでる。

実際は息子に道を譲ったというのは表向きだけで、価格の交渉や農協との話し合いは今も謙三が仕切っていた。牧場経営という面において、秀一と花海は後継者という名の雇われ人だった。

タツ子はというと、朝起きてから夜眠るまで、暇さえあれば直径二十センチほどのウレタンの円盤を片手に、色とりどりの紐《ひも》を交差させている。牧草や畑仕事のなくなる冬場の村では、女たちのあいだで毎年新しい手芸が流行《はや》った。

朝の牛舎仕事を終えたふたりが家に入ったのは午前十時だった。秀一と花海がキルティングのオーバーオールを脱ぎ終わるころ、謙三が玄関前に戻ってきた。

居間の中央にはポット式の石油ストーブがある。八畳ほどある居間は、ストーブを取り囲むようにして、ソファーやテレビの台が置かれている。ストーブ一台で、襖《ふすま》を開け放した仏間、居間、台所の暖房をすべてまかなっていた。年に一度か二度、ひどく冷え込んだ朝などは、下げ忘れた仏壇の水に氷が張っていることもある。

謙三がストーブの前で汗に濡《ぬ》れたシャツを着替え始めた。ソファーの上に広げられたままになっていた組み紐の道具を見下ろし舌打ちをする。

「毎日毎日、何に使うんだかわからない派手な紐編んで、よく飽きないな」

謙三の首や腕には、脱いだシャツそのままの日焼けが残っており、腹には無駄な肉もない。五十五になる父親の肉体がまだ男として衰えていないことは、秀一をひどく不快な気持ちにさせた。小柄なタツ子に似た秀一は、父親よりも頭半分ほど背が低い。村でも大男の部類に入る謙三と並ぶと、ひょろりとした体つきが余計貧弱に見える。

「編んでるだけで気分が落ち着くんだよ。絹糸だからね、ちょっとやそっとじゃ切れるもんじゃない。長く編めば帯締めにもなるし、その気になればあんたの首だって絞められるんだ」

秀一はドアのそばにあぐらをかき、台所で野菜を切り始めた花海を横目で見た。謙三が、脱いだシャツを肘掛《ひじか》けに放り勢いよくソファーに腰掛けた。

「今夜の寄り合いはお前が行けや」

がらがらとした威圧的な声が台所まで響き、包丁を持っていた花海が振り向いた。タツ子は素知らぬ顔で雪の下に埋めておいた越冬キャベツを剝《む》いている。

「今日は親父が行く研修の日程説明だろう」

研修会という名目で毎年数回の旅行会があるのだが、近年はあまり財政に余裕がないのか、近場の温泉旅館へ一泊するだけという年が続いていた。なんということはない、ただの泊まりがけの忘年会だ。それらしい名目があれば助成金が出るので、なににつけ集まりには研修や視察・学習という名前がついた。

「俺は関係ないだろう」

「こっちはこのとおり雪かきで疲れてるんだ」

　夜の給餌を終えて秀一が家をでたのは、午後七時を少し過ぎた頃だった。夕暮れあたりから厚みを増してきた雲が細かな粒の雪をひっきりなしに落とし続けていた。秀一が普段乗っているジープ仕様の軽四輪は、車体も軽いためタイヤが半分埋まる程度の雪なら無理なく坂を上り下りできる。

　集会場は海辺の国道を一キロほど北上したところにある。雪道の運転は夏の三倍も時間が掛かった。時速はなかなか三十キロを超えず、なぜ自分がという疑問も秀一を苛立《いらだ》たせた。

　結婚の立ち振る舞い、通夜から葬式まで、村の行事のほとんどはこの集会所で行われた。秀一が広間に入ると、十名ほどの男たちが円座になって酒を酌み交わしていた。謙三の代理でやってきたと言うと、赤黒い顔をした男たちは喜んで秀一を輪の中に招き入れた。

　中国の女はどうだとあからさまに訊《たず》ねる者、酒を勧める者。酔いが回って手つきの危なくなった男にコップを持たされた。それを見た別の男が、横からなみなみと焼酎《しょうちゅう》を注《つ》ぐ。車できたのだと言うと一杯目は水だと笑う。円座の人数は、一時間もしないうちに倍になった。

研修の説明会とは、つまり村の男たちが酒を飲む口実だ。日程の書かれたB４判の紙が一枚配られたあとは、珍味や漬け物を囲んで酒を酌み交わす。

明日の農業がどうのという青臭いばかりでちっとも前進しない経営談義とは違い、今夜はみな与太話に花を咲かせながら酒瓶を回している。話の内容も、孫から嫁、娘に息子と、家族の自慢や愚痴が多かった。

秀一は飛び交う質問に曖昧《あいまい》に頷《うなず》き、笑いながらやり過ごした。男たちにつき合っているうちに、時計の針は十時を指していた。

なんだもう帰るのかという声に頭を下げながら外へでる。雪は降り止むどころか先ほどよりもはるかに落ちる速度を上げている。車に積もった雪も三十センチはある。秀一は慌てて後部座席の足もとにあったスノーブラシを取りだし、積もった雪を掻き落とした。

雪雲が真上に腰を据えたらしい。雪は空からまっすぐに降り注いでいる。

国道を左に曲がって坂の入口にたどり着いた。坂は雪に埋もれて道もなくなっていた。意を決してアクセルを踏むが、あっけなくタイヤが埋まる。腹がつかえハンドルが言うことを聞かなくなる前にバックで国道まで引き返した。携帯電話から家に連絡する。

「雪で上れない。悪いんだけどトラクターで一回下りてきてくれないかな」

しかし秀一の言葉が終わるか終わらぬかというところで、謙三がまくし立てた。

「何時だと思ってんだ」

言い返そうと口を開きかけた。がしかし、謙三が先に、頼んだ俺も悪かったと謝ってきた。謙三はこの降りと時間帯では逆にトラクターの方が危ないと嘆く。

「どうせ会館の方は朝までやってるべ。蒲団《ふとん》借りてひと眠りしてこいや」

脳裏に嫌な考えが次から次へと浮かんで消える。謙三がトラクターを出さないとなれば、今夜家に帰るのは無理だった。

午前零時。半分の人数に減ったところで会はお開きになった。残っているのはみな、除雪車が入るまで家に戻らぬつもりで飲んでいた者ばかりだった。ストーブの前にごろ寝する男たちに埃《ほこり》臭い毛布を掛けてやる。

どうして自分はここにいるのか、なぜ謙三は除雪をしてくれなかったのか。

いっそ坂の下に車を停めて雪を漕《こ》いで上って行こうか――。

腰を浮かせてはためらうことを繰り返す。止みそうにない雪が恨めしかった。

午前七時。秀一は空が白み始めたのを合図に、ダウンジャケットを羽織って集会所をでた。ボンネットの上は昨夜よりもかさを増した白い帽子に覆われていた。雪はまだ降り続いている。

除雪された坂道を勢いよく上った。秀一は玄関で作業着に着替え、家へは入らずに牛舎へと向かった。タツ子も謙三もでてこなかった。シャッターの開いていた牛舎に一歩入るなり、大声で妻の名を呼んだ。

花海がペレット用の一輪車を押す手を止めて、走り寄ってきた。牛が一斉に啼《な》きだした。白い息が交じり合う。秀一は花海の瞳《ひとみ》に映った自分の顔を見た。きっちりと三つ編みにされた髪も、少し赤みの差した頰も、まっすぐにこちらを見詰める眼差《まなざ》しも、昨日となにひとつ変わっていない。

「シュウ」

うん、と言ったきり、秀一はもうなにも言えなくなった。

ふたりが家に戻ると、謙三は腕を組んだまま目を瞑《つむ》りソファーに腰かけていた。昨夜のことをひとことでも言いだそうものなら、仁王立ちでにらみ返してきそうだ。昼飯の用意をするために台所に立つ花海に、いつもと違った様子はない。花海がまるでそこに居ないかのようなタツ子の言動にも、まったく表情を崩さなかった。

その夜、ゆっくりと花海の体にうもれた。温かな水が満ちた海で泳いでいる気がした。穏やかな波が打ち寄せては返す。秀一は昨夜なにがあったのかを花海の体に訊《き》いた。父に直接問うべき言葉が、すべて欲望にすり替わる。自分の問いに必死に応《こた》え続ける妻の肌をきつく抱いた。

翌日、夕刻の給餌《きゅうじ》のために秀一が立ち上がった時、居間の電話が鳴りだした。受話器を取ったのはタツ子だった。要領を得ない受け答えをしている。目で助けを求めているのがわかり、すぐに秀一が代わった。

電話の主は花海の書道教室の師範だった。五十代後半の女性書道家は、緩やかな声で実はお願いがあると切りだした。

町の文化教室で北京語を教えていた講師が体調を崩してしまったという話だった。来春からの教室が開けず、町も大変困っていると続けたあと、彼女は花海が代わりを引き受けてくれるならばすぐにでも役場に推薦したいと結んだ。

「実は三か月ほど前、北京から知人家族が遊びにきていた際に助けていただいたんです。私の北京語はかたことで、子供の病気となるともうお手上げで。そのときちょうど教室にいらした花海さんが、事情を察して症状の通訳をしてくださったんです。でも、日本語が話せることは周りに黙っていて欲しいと仰《おっ》しゃって。私も驚きました。一度どういった事情なのか伺いたいと思っていたところへ、このような事態が起きまして」

「人に教えられるほどのものでしょうか」

「充分過ぎるほどの語学力と思いますけれど」

いぶかしげな応えが返ってきた。彼女は、花海が婚家でもそのことをひた隠しにしているとは夢にも思っていないようだ。教室は週に一日、一時間ほど。週に二度の外出が大変ならば、少しでも負担が軽くなるよう書道教室の曜日を変えてもかまわないという。

秀一はあまりの不愉快さに受話器を放り投げたくなった。不安そうな表情でこちらを見ているタツ子と目が合う。屋根に降り積もっていた雪が居間の軒下にどさりと落ちた。

「話し合って、明日にでもお返事します」

疑問を晴らしたのが花海ではなく他人だったことが悔しかった。しかしこれですべて明らかになると思うと、防寒具を着ける仕草が乱暴になった。

一体なんの電話だったんだと問うタツ子に、花海が隣町で北京語を教えることになるかもしれないと答えた。

「なにを寝ぼけているんだか。それより日本語習いに行って欲しいもんだ」

謙三はというと妻と息子のやりとりには興味のなさそうな様子で、ソファーに深々と腰を下ろしたままテレビのリモコンに手を伸ばした。

給餌を終え、シャッターの外にでようとする花海を呼び止めた。雪明かりに、家も木々もすべて青く浮き上がって見える。白い息が唇から出たそばから空に吸い取られた。珍しく風のない夜だった。

「書道の先生から電話があった。北京語の講師を引き受けて欲しいそうだ。日本語が話せること、俺はお前から聞きたかった。それだけが残念だ。だけど反対はしない。父さんや母さんにも反対はさせない。俺はそんな男じゃない」

花海はまっすぐに秀一を見詰めていた。吐き出される白い息は、秀一に届く前に上昇して消えた。いつもの笑みはない。瞳が川底の小石のように光っている。寒さがしんしんと皮膚や骨を伝っても、花海が口を開くまでその場を動くつもりはなかった。

花海が目を伏せ、大きく息を吐きだした。

「日本語、少しできました。パァパが、話せましたから。パァパはお祖父《じい》さんに習ったです。でもパァパの周りのひと、日本人《リーベンレン》大嫌いだった。だから話せること誰も知らない。日本語、きれいな言葉と思います。日本へくるの楽しみにしてました」

そんな話を聞きたいのではなかった。しかし秀一は花海の唇から漏れてくる言葉に、聞き惚《ほ》れていた。低い鈴の音に似た声だった。

その夜、秀一は食事が終わりかけたところで話を切りだした。最初に箸《はし》を止めたのは謙三だった。その次にタツ子が顔色を失った。花海は箸を置き、ずっと下を向いていた。

「俺は花海が望むなら、応援してあげたい。話せないふりをしていたのも、花海にしかわからない理由があったと思うから。腹の立つ話だろうけど、俺だって気持ち良くはないけど、今はそんなことを言うときじゃない」

こんな風に堂々と謙三の前で自分の意思を口にしたことはなかった。自分ではない誰かが話しているようだ。

居間にたちこめた重苦しい気配とはうらはらに、秀一の気持ちは妙に凪《な》いでいた。ぎりぎりと、タツ子の奥歯の音が聞こえそうな沈黙だった。謙三は眉《まゆ》も動かさず、食卓の中央にある煮付けの皿を見ていた。

夜中、花海をいつもよりも乱暴に抱いた。ふるりと揺れながら手のひらを押してくる乳房や昨日までは蜂蜜《はちみつ》のようにまろやかな香りを放っていた肌からは、もうどんな香りも漂ってはこない。乳房を摑《つか》んだ指先に力を入れる。花海の声が喉《のど》の奥でこもった。秀一は、痛いという言葉を待っている自分に気づいてもその手を離さなかった。花海を思う気持ちや苛立《いらだ》ち、そして淡い憎しみ。無理に快楽を追う。

冷たい波が体の中心に向かって何度も押し寄せてくる。封じ込めようとして失敗した憎しみの飛沫《ひまつ》が、快楽を連れて跳ね返ってきた。最後のとき、花海の唇から低い鈴の音が漏れた。

秀一は果てたあと、自分の目尻《めじり》に涙がにじんでいることに驚いた。なんのための涙だったのか、波が去った今はもうすべての感情が泡のように頼りなかった。

身繕いを済ませ再び横になった。花海の横顔に訊《たず》ねてみる。

「どうして親父はお前が日本語を話せることを知っても怒らなかったんだ」

もうその声がどんな美しい言葉を並べても、欲して止まない頃に感じた焦がれる気持ちは戻ってこない。秀一の胸奥にしくしくとした痛みが浸《し》みてくる。

「シュウが居なかった雪の日、お義父《とう》さん、ここきました。孫が要ることたくさん喋《しゃべ》ってました。シュウが駄目だから代わりにきたと言いました。だから断った」

イントネーションが平坦《へいたん》な言葉には、妙な悲しさもなく、秀一は思わず声をたてて笑った。話し声は潜めていられても、笑い声は簡単に階下に響くだろう。謙三がどんな思いで聞いているのかと考えただけで可笑《おか》しかった。人は楽しくなくても笑えるのだ。

「一体、なんて言ったんだ」

「シュウの子供産みますから、ご安心ください」

「親父、どんな顔してた」

笑いにひきつりながら訊ねた。

「驚いた。しばらく震えてました。ほか、なにも言わなかった」

じき、わけのわからない可笑しさも去った。表情を変えない花海に、ご安心くださいと言われたときの謙三の顔をこの目で見てみたかった。

「話さないほうが、シュウのことわかるかもしれないと思いました。パァパもそう言いました。人の気持ち、話すとわからなくなる。話さなくても、シュウとは大丈夫と思いました。何度か、言ってしまおうと思った。少し苦しかった。でもシュウのひとりごと、大好きでした。いつまでも聞いていたかった」

音が詰まるところではやや滑るものの、これならば充分に教えられるだろう。

「俺は、話したかったよ、花海。俺のことも話したかったし、お前のことをもっと知りたかった」

手を伸ばし、花海の体を抱きしめる。一日を振り返ろうとする気持ちに甘い香りを探しているうちに眠りの底に滑り落ちて行った。

三日後謙三に、家をでて隣町で暮らすつもりであることを告げた。必要なこと以外喋らなくなったタツ子も、反対はせず、好きにすればいいとひとこと言って秀一から目を逸《そ》らした。

謙三はその日のうちに、まとまった額の金を用意した。秀一は無言で受け取り、二階に戻って数えた。贅沢《ぜいたく》さえしなければ、アパートを借りて細々とした家財道具を揃えることができそうだ。

準備が整ったらすぐにでて行くつもりだった。謙三とタツ子がこの家で元気に暮らしていううちは戻らない。硯《すずり》の用意をしている花海の背中に向かって言った。

「春になって草が生え始めてからじゃ遅いんだ。今でて行こう、花海。もっと早くにこうすれば良かったんだ」

自信がなかったのだと言いかけてやめた。

花海が、書道用具の入った木箱の蓋《ふた》を開けた。熊の足跡に似た楕円《だえん》形の硯の下から角を揃えた一万円札を十枚取りだすと、立ち上がってそれを秀一の手に握らせた。本来なら中国で暮らす両親に渡るはずの金だ。秀一はなにも言わず書道用具の箱へ金を戻した。

一月の終わり、農協の配送部に就職が決まった。隣町に六畳二間の、小さいが日当たりのいいアパートも見つけた。風の強い朝、秀一は給餌《きゅうじ》を終えて居間へ戻り謙三とタツ子に短く挨拶《あいさつ》をした。

身の回りのものや衣類を詰めたコンテナをふたつ、玄関前に停めた車の後部座席に載せた。花海が助手席に乗り込むとタツ子が玄関先に現れた。

「親不孝者」

顔がひとまわり小さくなったタツ子が、風に吹き消されそうな声で言った。秀一はすぐに運転席に乗り込んだ。

ゆっくりと白い道を下ってゆく。道の両側に並んだ木々の幹が樹氷で眩《まぶ》しく光っていた。樹氷のアーチをくぐり抜け国道にでる際、秀一は坂の上で暮らした日々を海へと放った。

日本語が話せることがわかってしまったあとも、花海が急に喋りだすということはなかった。花海と交わした「護《まも》る」という約束を果たすためにこれほどの出来事が必要だったことを思うと、秀一はひどく不甲斐《ふがい》ない気持ちになった。

初任給を手に入れて生活が落ち着くころ、雪解けが始まった。風もぬるみ陽射しも半分春の気配を漂わせている。

花海も毎週歩いて書道教室へ通い始めた。六月から始まる北京語講座の準備など、資料の打ち合わせやカリキュラムの作成も大詰めを迎えて忙しくなってきたようだ。

経済的には決して楽ではないが、休日の夜はふたりで選んだレンタルDVDを観て過ごせる。牛の世話に明け暮れていたときには想像もできなかった生活だ。

その夜は、文化大革命という言葉に惹《ひ》かれて借りた「小さな中国のお針子」をふたりで観ていた。秀一は字幕を、花海は画像を追う。

再教育で訪れた険しい山の上の村で、ひとりのお針子を愛するようになる青年たちの話だった。文字を読めない少女が彼らが読み聞かせたバルザックを愛し、自由を求めて姿を消す――。緩急もアクションもないドキュメンタリーのような映画に、秀一は軽く眠気を覚えた。が、花海は食い入るように画面を見ていた。

「お前の生まれたところも、こんな山の上だったのか」

「少し似てる。もうすこし平らなところ」

髪を切ったお針子が険しい山道を下り街へ向かうときの、強い意志と悲しみを秘めた表情に似ていた。以前ならそんな顔を見ただけで不安がり、返事など期待しないまま質問したはずだった。言葉が通じることがわかったというのに、花海に掛ける言葉は確実に減っていた。なにか訊ねたあと花海が黙り込めば、そのまま答えたくないという意思表示になってしまう。

沈黙が続くと秀一は、不安を打ち消すために花海を抱き寄せる。肌の隅々から素直な反応が返ってくると、いっとき安心した。花海のかさついた指先が、少しずつ癒《い》えてゆくのを確かめられるひとときは幸福だった。

決まった時間に決められた場所へ荷物を運ぶという作業は、生きものを相手にしていた今までを思えばとても楽だった。農協と各農家を繋《つな》ぐ配達ラインを受け持っているので、生まれ育った村へ荷物を届ける仕事もある。今の暮らしをあれこれと詮索《せんさく》されることも多い反面、家をでたいきさつが広まっているのか村の人々はおおむね秀一に好意的だ。

夏が近づく頃は、村の出来事のおおかたが秀一の耳に入るようになっていた。特定の者がはっきりと教えてくれるということではなく、皆の話を総合するとだいたいこのような話になる、という具合だった。

秀一と花海が家をでたという話題に飽きた村は、行方不明だった小玲が婚家に戻った話で持ちきりだった。ススキノで見つかったらしい、旭川《あさひかわ》の三六街《さんろく》にいたようだ、と再び勝手な噂が飛び交っている。

村の日常は、外から眺めてみるとなにかの拍子に崩れ去りそうな危うさを漂わせていた。

面白いことなんか、なにもねぇな。退屈そうな村人の呟《つぶや》きが耳に残った。

北京語講座が始まる日――。花海が珍しく緊張していた。朝食の後片付けの途中で湯呑《ゆの》み茶碗《ぢゃわん》を割って肩を落としている。

「焦らなくていい。用意は万全なんだろう。なんとかなるって」

割れた湯呑み茶碗を手に持つ花海がぎこちない笑顔で応《こた》えた。秀一は花海に手を振り、仕事に向かった。

その日は、車の窓を開けて走るくらいの暖かさだった。集落ごとに一番牧草の刈り取りに使う農機具の順番を決める時期だ。村に着いたのは、どこの家も朝の食事が終わり牛舎周りの手入れや畑の準備をする昼前の時間帯だった。

配送は、村の北はずれから街に戻ってくる順番になっている。一軒目は、国道から一キロほど内陸に入ったところにある佐藤の家だった。崖《がけ》を這《は》い上ってくる風が容赦なく吹きつけるせいで、角材や板を組んだ風よけが今にも家の壁に向かって倒れ込みそうだ。

トラクターの接続ボルトとハウス用のビニール、子牛用のほ乳瓶を玄関先に下ろし声を掛けた。薄暗い廊下のドアからでてきたのは佐藤だった。小玲が戻ったという噂のあと、佐藤本人に会うのは初めてだ。

年が離れているせいもあり、あまり話したこともない。お互いの接点が村おこし事業の嫁来い運動だったことも、気まずさの原因のひとつだった。印象は相変わらず貧相だが、よく見ると目元が柔和で物静かな顔立ちをしている。秀一は手渡した受領証にボールペンを走らせる男の顔を見詰めた。こんなに穏やかな顔をしていただろうかと不思議に思っていると不意に、サインを終えた彼と目が合った。視線を逸《そ》らすわけにもいかず、慌てて微笑む。男はわずかに口角を持ち上げて言った。

「婆さんは疲れたのか奥で寝てます。小玲《あれ》は、昨夜でて行きました」

男は軽く目を伏せた。返答に困っていると佐藤が続けた。

「昨夜、定例の寄り合いから帰ってきたら、いなくなってた。今度はパスポートもなくなっているし、一体いつ詰め込んだのか、荷物もほとんど無いんだ。まるで最初からいなかったみたいに。恰好《かっこう》つけるわけじゃないけど、却《かえ》ってすっきりしたんだよ」

佐藤は女房が再びでて行ったというのに、自分は朝までぐっすり眠れてしまったのだと笑った。

「結局、あの子のことをなにもわかってやれなかったんだ」

玄関先に立つ秀一の背や足もとから風が吹き込んだ。上がりかまちに細かな土埃《つちぼこり》が舞う。重い荷物を下ろした後のように、佐藤の表情は清々《すがすが》しかった。謙三とタツ子の顔色ばかり窺《うかが》って、小玲と花海を会わせてやることもしなかったことを悔やんだ。

仕事を終え家路につく時間帯になっても、思ったほど気温が下がらなくなってきていた。あと数日で本格的な夏がやってくる。

「どうだった」

空の弁当箱を手渡しながら訊《たず》ねると、花海がほほを持ちあげ笑った。そして微笑み返した秀一の頬に、軽く唇を寄せてきた。

狼狽《うろた》えていることを悟られないよう、急いで体を引き寄せる。秀一は腕の中の花海が素直に体を寄せたことに安心した。

その夜は豚肉と野菜の炒《いた》め物と中華スープ、キムチ漬けが食卓に並んだ。

「生徒さん、みんな緊張してた。だからわたし大丈夫だった。自己紹介ちゃんとできたあと、楽しかったよ。がんばりました」

「上手《うま》くいきそうか」

「生徒さんたくさん増やして、シュウにもっと楽させます。講座落ち着いたら、書道教室の助手のお仕事、もらえることになりました」

書道のほうは師範よりも上手いという噂だ。どんどん扉を開いて世界を広げてゆく妻をまぶしく見つめる。

花海が箸《はし》を持つ手を止めて、黙り込んだ秀一の顔を覗《のぞ》き込んだ。炬燵《こたつ》布団を外した座卓を挟んで、眉《まゆ》をくもらせている花海がいる。秀一は言葉を選びながら、ゆっくりと短い言葉を繋いだ。

「小玲が村をでた。行き先はわからない。佐藤さんも、もう怒ってはいないようだ」

花海は目を伏せて、秀一の言葉に頷《うなず》いた。

「小玲またいなくなること、わかってました」

「どういうことなんだ」

秀一は箸を置いた。

花海は、小玲には佐藤の他に好きな男がいたのだと言った。

「武田さんです」

村で研修先の家族と娘たちを交えた交流会や行事をまとめていた男だった。村にとってはある意味小玲より痛い損失だったかもしれない。

武田と小玲がお互いの気持ちをはっきりと確認したのは、研修に来て二か月目のことだったという。武田には妻がいた。妻だけではない、十歳になる息子もいる平和な家庭だったはずだ。

小玲は日本に残るために結婚という道を選んだ。結婚前夜、武田は小玲の気持ちを知る。彼の背を押すどんな風が吹いたのか。武田の気持ちが大きく動いたことは間違いない。

花海と小玲以外の研修生は研修期間を終え本国へ帰り、交流会も行事も役目を終えた。そして、ふたりが会えるチャンスはほとんどなくなった。

次に村に行くときは、武田の話でもちきりだろう。

「一度、教室に訪ねてきたことあります。連れ戻されること気づいて。小玲も彼も、そのとき村からでて行くこと決めてました」

「お前、なんで止めてやらなかった」

「誰が止められますか。シュウですか。わたしですか。彼の奥さんですか。止めることできるなら、結婚も止められた。わたしがシュウ好きなように、小玲も彼が好き。わたしにできること、知らないふりだけです」

語気を強めた花海の目尻《めじり》が、赤く潤んだ。

「ふたりは、どこへ行ったんだ」

さして意味のある質問でもなかった。花海は答えず、小玲の話はそこで立ち消えた。

真夜中、秀一は寝付けないまま何度も寝返りをうちながら花海の気配を気にしていた。

「シュウ」

何度目かの寝返りで背を向けたとき、秀一の肩口で花海が言った。

「わたしお金が欲しくてシュウと一緒に居るんじゃない。最初にお金の決まり作ってしまったから、振り回されます。あのお金、シュウの必要なとき使おうと思った。パァパに手紙書きました。なにも言ってこない。わかってくれてる証拠です。わたし失敗しましたか。わかりません。中国人もいろいろ居ます。みんな違います」

梁《はり》のそばにある換気口から、街路樹の葉音が入り込んできた。カエデが幼い葉を擦り合わせている。この夜が無事にいつもどおりの朝に繋《つな》がるよう祈っているようだった。

「お前は、言葉を話せないほうが俺のことがわかるって言う。俺のぼやきみたいな独り言を聞くのが嬉《うれ》しかったって言う。だけど気持ちを伝えたい俺の、お前のことやお前がどんな目的で仕送りをやめたのか知りたかった俺の、好きだっていう思いや不安はどこへ行けば良かったんだ」

結局、お互いにひとりよがりだっただけじゃないかという言葉をのみ込む。

肩先に伸びてきた花海の手を無意識に払っていた。はっとして振り向いた秀一の目に、暗がりのなかつやつやと光る花海の眼差《まなざ》しが飛び込んでくる。息を詰めて秀一の言葉を待っている気配が伝わってきた。

何か言わねばならないと思うのだが、謝ることも、抱き寄せることもできない。自分の行動にいちばん驚いているのは、誰よりも秀一自身だった。


仕事から戻ると、花海が墨を磨《す》る手を止めた。ちゃぶ台の下には一文字ずつ、雪・月・花と書かれた半紙が何枚も置かれている。秀一が小学校の授業で習った文字とは、明らかにかたちが違っていた。

「生徒さんのお手本です。お稽古《けいこ》の時間、課題のほかに好きな文字をひとつ選んで、書くこと楽しんでもらうことにしました。何書きたいか訊《き》いたら、みんなきれいな文字ばかり選ぶ。雪、月、花、空、海。難しいんです、自然のものだから。文字もどこかに流れでるところ作らないとならない。止めたらいけないんです」

「仕事、楽しいか」

「はい」

「良かった。強いな、お前は」

朝食用の米をとぎ終えた花海が、ジャスミン茶を淹《い》れたマグカップをふたつ持って、ちゃぶ台のそばに戻った。

いつか見た、冬の海岸で泡立つ波の花が秀一の脳裏に蘇《よみがえ》る。ふたりの時間が泡のように頼りなくふわふわと舞っていた。引き寄せたマグカップを口元に運ぶと、ほのかに甘く、ジャスミンの香りが広がった。

花海が両手でマグカップを持った。指先を見ると、楕円《だえん》形の爪が艶《つや》やかに光っていた。手荒れの治った花海の指先を、秀一は両手で包み込む。秀一の指先に息を吹きかけ、花海が呟《つぶや》いた。

「我愛爾《ウォアィニィ》」

唇がジャスミンの香りとともに、秀一の鼻先に近づいてくる。秀一は肌を寄せて眠る自分たちの姿を思い浮かべながら、花海を真似て呟いた。

「ウォアイニィ」

窓の外でカエデの樹がそよそよと囁《ささや》き合っている。

海へ

ベッド脇の椅子から、丸めておいたショーツを手に取った。シングルルームの壁にはめ込まれた鏡の前で身に着ける。千鶴《ちづる》はチュニックのワンピースに腕を通した。レギンスを穿《は》けば身繕いも終わる。馴染《なじ》みの加藤が腰にバスタオルを巻いたままベッドに腰掛け、ぼんやりとした眼差《まなざ》しでこちらの動きを追っていた。

年齢は五十代半ばと聞いた。週に一度必ず千鶴を指名する。割り切っているようでそうでもなさそうな素振りは鬱陶《うっとう》しかったが、仕事内容についてあれこれと文句を言ったり無理な要求をしない客だった。

千鶴のあだ名はマグロで、加藤以外のリピーターはほとんどいない。一見《いちげん》の客にちゃんと働けと怒鳴られたこともある。

「千鶴さん、評判悪いんだけど」

オーナーも苛立《いらだ》たしげな口調で連絡を寄越すことが多くなった。加藤のような常連がいなければ、簡単に切られているところだろう。

千鶴の呼びだしは人手が足りないときや、地方からきた一見の客が多かった。表向きはコンパニオン派遣会社だが、パーティーの仕事など入ったことはない。面接の際オーナーは、手取りの良さでわかるだろうと言った。予想していた仕事内容とは違っていても、すぐに金が要ることに変わりはなかった。

千鶴がこの仕事を始めてから半年が経とうとしていた。身長百六十センチ、細いだけでメリハリのない体型やのっぺりとした顔立ちは、化粧をしても表情がいきいきとしたり明るくなったりということがない。それは化粧の上手《うま》い下手ではなく、千鶴自身が持つ押しの弱さだろう。

鏡に映った加藤は、上半身裸のままベッドの縁に腰掛けていた。胸や二の腕の皮膚がたるみかけており、腹の筋肉もしまりがなくなっている。千鶴より頭ひとつ分背は高いが、落ちくぼんだ目や削《そ》げた頬はひどく貧相な印象だ。

水産会社を経営していると言っているが、加藤には港町の商売人らしいハッタリも山師の気配もない。道東の漁獲高が全国一で水産関係者の羽振りが良かったのは昔話だ。近年は水産の街もすっかり寂れた。

半分以上白い髪、安っぽいジャケットとポロシャツ姿で現れ、いつもこちらが要求するまえに金を支払う。

「ありがとうございました。またよろしくお願いします」

クローゼットの横で、ヒールがすり減って左右に倒れているパンプスにつま先を入れた。

「ちょっと待って」

加藤が節くれ立った手を胸元まで上げる。

延長なら先に言えよと腹で毒づきながら、次の言葉を待つ。加藤はバスタオルを腰に巻いた姿のまま、ベッドの向こう側でもごもごと口を動かしている。

「延長ですか」

「いや、そうじゃなくて」

「お話しするのもお時間に入ってしまいますけど、いいですか」

わざとゆっくりはっきりとした口調で言ってみる。加藤は貧相な顔を微《かす》かに歪《ゆが》めた。

「事務所には幾ら取られるんですか」

千鶴はポケットの中で無造作に折りたたまれている三万円を指で探った。

「半分ですけど」

語尾を上げる。延長じゃないのなら媚《こ》びを売るのも面倒だ。

「全部あなたのものになった方がいいんじゃないかと思って」

「専属契約ってことですか」

「まぁ、そういうことです」

加藤は毎週のように千鶴を指名して、単純に計算しても月に十万円以上使っている。加えて毎回のホテル代となれば女を囲った方が安上がりだ。肩書きが水産会社の社長というのも、まるきりの嘘ではないのかもしれない。密輸、密漁、カニの横流し。北のはずれの港町には、景気が悪ければ悪いほど危ない仕事が湧いてくる。加藤の申し出に魅力があるのは確かだし、承諾すれば仕事は今の半分で済む。しかし、もしもあっさりと切られたら再び事務所に戻るのは不可能だった。客の横取りを黙って見ているほどオーナーもバカじゃない。断れば安定していた彼からの指名が減るかもしれず、かといってすぐに飛びつくには話がうますぎる。

「ありがとうございます。ちょっと考えさせてください」

窓の外があかね色に染まっていた。川を挟んだ向こう岸のホテルからは海に沈む夕日が美しい頃だろう。当然、夕日が見えるホテルの方がグレードが高く、その分客の懐も豊かだと聞いた。

「またよろしくお願いします」

千鶴は加藤の目を見ずに頭を下げ急いでホテルから出た。河口に架かる橋の向こう側に赤々と燃える空がある。九月の太陽が最後の輝きを放ちながら海へと落ちて行く。夕景の橋に、ブロンズ像とオオセグロカモメのシルエットが黒く浮かび上がった。

ホテルから十分ほど川上へ歩くと、橋のたもとに二階建ての店舗付住宅がある。現在の住み家だ。寂れた川縁《かわべり》の土地に建っている住宅はその一軒のみで、千鶴の記憶に間違いがなければ、建てられたときは小さな雑貨店だった。

川縁の店は一年も保《も》たずに貸店舗の紙が貼られ、次々に住人が替わった。雑貨店の次はリサイクルショップになり、古着、不動産、その次は確か横文字の得体の知れない看板が掛かって、とうとう仏具店になったかと思ったらそれも駄目で、一年前は葬儀会社の看板が掛かっていた。

借地権でもめているという噂を耳にしたことがある。もしものときは立ち退きを言い渡されてからゆっくりでて行けばいい。家賃は月二万円だが、ちゃんと払ったのは最初の二か月だけだ。不動産屋の対応がいい加減なのをいいことに、こちらから払いに行くこともしていない。健次郎が川縁の借家を見つけてくるまでの間、ひと月ほどネットカフェで暮らしていた。コンパニオン派遣の事務所を紹介してくれたのが、同じようにネットカフェを住み処《か》にしている若い女だった。

「千鶴、いい部屋が見つかった」

健次郎が携帯電話の向こうで嬉《うれ》しそうに叫んだのを覚えている。彼に案内され川縁の家にたどり着いたときに千鶴が思ったのは、もうネットカフェで人目を避けながら交わらなくてもいい、ということだった。

千鶴はポケットから取りだした薄く小さな鍵《かぎ》を鍵穴に差し込み半回転させた。ガタガタと引っかかるアルミサッシの引き戸を薄く開け、体を斜めにして中へ入る。健次郎のスニーカーはなかった。

階段の上がり口でふと、薄暗い店舗部分を振り返った。

八坪ほどのPタイルの隅に、埃《ほこり》を被《かぶ》った段ボールと、カップ麺《めん》や弁当の殻の詰まったレジ袋がいくつも積み重なっていた。段ボールの中には、ビニールの風呂敷《ふろしき》や印刷物の束、香典の領収書が入っていた。捨てたいと思っても、千鶴はゴミの日がいつなのかも知らなかったし収集車がくる時間帯に起きていることもなかった。

狭い階段を上がると天井が傾斜した屋根裏部屋がある。端へ行くと身を屈《かが》めなければ立っていられないが広さは六畳ほど。居住空間はこの屋根裏部屋ひとつだった。

西日のぬくもりを残し埃の臭いが漂っていた。風呂は付いていない。台所も小さなシンクがひとつ部屋の隅にあるだけだ。カセットコンロはカップラーメンの湯を沸かすとき以外に使うことはない。壁や畳の傷みようはひどかったが、居心地は良かった。以前住んでいたアパートは三月の終り、家具一切を置いたままでてきた。街は氷点下の日が二か月も続く。ポータブルの反射板ストーブひとつでここでの冬を乗り切れるはずもなかった。とっぷりと日が暮れると川面《かわも》に映った街灯の帯が揺れ始める。千鶴を囲いたいと言った加藤の、伏し目がちで貧相な表情を思いだした。

「いい年して、純情ぶっちゃって」

自分に正直だの純粋だのという男は健次郎ひとりでたくさんだ。誰に向かってでもなく呟《つぶや》くと、入り口の戸がガタガタと鳴った。じき階段が短く鳴き始めた。

「なんだよ、灯《あか》りも点《つ》けないで。気持ち悪いな」

健次郎は機嫌悪く振る舞うことで千鶴の質問を避ける。パチンコは今日も負け。古い蛍光灯のくすんだ灯りが部屋の中を照らした。疲れきって艶《つや》のなくなった横顔を見た。健次郎は出窓に腰掛けた千鶴の足もとに、コンビニの袋から取りだしたポリ容器の丼をひとつ滑らせた。

パチンコで負けたときはいつもコンビニ弁当と決まっていた。勝った日は閉店まで粘り、千鶴を呼びだし外で食事をする。今日はカツ丼があるだけましだった。

「熱いうちに喰《く》えよ」

健次郎は千鶴のほうを見ずに自分だけ容器のふたを開けた。割り箸《ばし》を神経質な仕草で割り、がつがつとかき込んでは合間に短いため息をついている。

千鶴は出窓に腰掛け、右足のつま先を揺らしながら健次郎を見た。ほほにかかるくらい前髪が伸びている。整った鼻筋や一直線に結ばれた唇、褐色の肌や薄い髭《ひげ》。荒れた生活で多少艶は失われているが、横顔の美しさは変わらなかった。

二年前、健次郎は千鶴が働いていた小さな焼き肉店の常連客だった。低くジャズが流れる店では、無愛想な店主と口数の少ない千鶴のコンビが売りもののひとつだった。店は地方記者の溜《た》まり場でもあった。新聞記者だった健次郎も情報交換のためによく顔をだした。恩人の葬儀で隣町へ行く店主の代わりに、千鶴がひとりで店を開けた夜のことだった。問題なく閉店時間を迎えひと息ついたところへ、健次郎がひとりでふらりと店に入ってきた。

「チヂミと濃酒《マッコリ》お願い」

口数も少なくほとんど相槌《あいづち》しか打たない千鶴を相手に、健次郎は仕事のことや店内に流れるジャズのことなどよく喋《しゃべ》った。オーダー以外で言葉を交わすのは初めてだった。

カウンターを隔てて向かい合ったその夜初めて彼のことを、美しい顔立ちの男だと思った。

その後健次郎が何度かひとりで現れる日が続いた。これから飲みに行こうと誘われた夜は、嬉しくて店主が帰りしなに囁《ささや》いた言葉も気にならなかった。

「千鶴ちゃん、あの男はやめておいた方がいい。お節介だと思うかもしれないけど、本当にやめた方がいい」

健次郎の取材は、強引なくせに権力には妙に阿《おもね》るところがある、というのだ。地方新聞の記者であることを利用して、そこそこ旨《うま》い汁も吸っているという。

千鶴は店主に、笑いながら大丈夫よと返事をした。

行きつけというショットバーに案内されカクテルを二杯飲んだところで、いつも柔らかだった彼の口調ががらりと変わったのを覚えている。正確に言うと今はもうその時のことしかはっきりと覚えていない。

「お前ってさ、すごく魂が孤独なんだよ。人に向かって開いてないんだ。いいことも悪いこともみんな自分の中だけで完結して、誰かになにかを伝えたいとか、わかってもらおうなんてこれっぽっちも思っちゃいない。言葉も頭も足りないんだよな。人っていうのは欠けた方より過剰な方を愛するもんなんだ。いつか誰かが現れて自分を救ってくれるなんて幻想はさっさと捨てないと、一生誰にも愛されないよ。断言してもいい。愛される資格もないんだ」

千鶴を罵倒《ばとう》しつづける健次郎の鼻梁《びりょう》は、店のカウンターで正面に座ったときよりずっと美しかった。

「いいかい、俺は今ひどいこと言ってるんだよ。わかってる？　わかってないよな。そこがお前の欠けているところなんだよ」

千鶴は健次郎がせせら笑いながら吐き捨てる言葉を、酒がまわった頭の隅に積んだ。欠けているというひと言は、そのときの千鶴には過剰と言われるよりずっと優しく響いた。人に向かって開いていないというのは、まさに自分を言い当てており痛快だった。健次郎の言う、強い意志も前向きな考えも、千鶴にとってはただのおとぎ話。そんな言葉で鼓舞しなければならない毎日など、とうの昔に捨てている。

「私、そんなに欠けてるかな」

うっすらと微笑みながら訊《たず》ねる女を、健次郎は更に強く喝破した。

「欠けてるね。自信のなさをへらへら笑ってごまかしてる。人を必要以上に苛《いら》つかせるし、それを悪いとも思ってない。利口なふりしてるけど、ただの馬鹿なんだよ。気持ち悪くてしょうがないね」

千鶴にひどい言葉を浴びせるときの健次郎は、今まで見たどんな男の目より輝いていた。かき上げた前髪がさらりと額に落ちたのを合図に、千鶴は彼を部屋に誘った。

関係が始まって半月後、健次郎が新聞社をリストラされていたことを知った。既に千鶴のアパートへ転がり込んだ後のこと。放たれた強い言葉がすべて挫折《ざせつ》によるものと知っても、大きなショックはなかった。健次郎には失望の先にあるものが見えないし、からっぽから始まるなにかを信じられるほど孤独に耐えられない。それだけのことだと思った。

職を追われた健次郎がしたことは復讐《ふくしゅう》まがいのフリー宣言だったのだが、それも宣言だけで終わろうとしている。なぜ二十七歳という若さでリストラされたのかという事実から目を背《そむ》けている男に、仕事の誘いがくることはなかった。たったひとつ声がかかった就職口はタウン誌の記者だったが、給料の折り合いがつかず、結局うやむやになった。

「記者なんて名ばかりで、結局は広告取りの営業なんだ。俺の顔の広さを利用しようなんて、甘いんだよ。今さらそんなことできるわけないだろう」

刷り上がった名刺には黒々としたゴシック文字で、ジャーナリストの肩書きと柳瀬健次郎の名が印刷されている。が、住所は入っておらず連絡先は携帯番号のみだ。その番号も借金の取り立てがうるさくなった頃にプリペイドの携帯電話に変えてしまったので意味がなくなった。

千鶴は出勤時刻が近づいても布団から出ない日が増えた。二晩無断で休んだ翌日おそるおそる店に行ってみると、その場でクビを言い渡された。店主は用意していた給料袋の中の硬貨を鳴らしながら言った。

「だから言ったでしょう、やめておきなさいって。今さら言っても遅いけどね。でも、うちも商売だから」

店主の目は笑っていなかった。

千鶴は、少ないながらも気に入っていた持ち物と、ささやかな人間関係を失った。ふり返り、とりわけ不思議に思うのは、思い出も同じように減ってゆくということだった。

一緒にいればいるだけ、いい記憶も悪い記憶も増えて行くというのは思い違いだった。いい思い出は今を過ごすための貯金でしかなく、ふたりは記憶を引き出しては食いつぶす、夢みる貘《ばく》だった。悪夢を食べてくれる本物の貘はまだ現れない。そんなものがいるのかどうかさえわからない日々が続いている。

　健次郎がカツ丼の入っていたポリ容器に割り箸を放り入れた。

「なぁ、そろそろ秋の彼岸だし、実家に顔をだしたほうがいいんじゃないか」

　健次郎が屋根の傾斜に身を屈《かが》めながら寝床を整え始めた。薄いシングル布団から汗や埃《ほこり》の臭いが舞い上がる。目元でさらさらと前髪が揺れている。髪をかき上げる回数が増えていた。言葉に何か含みがあるときの彼の癖だ。

「彼岸ねぇ」

　健次郎が大きな瞳《ひとみ》を千鶴に向けた。気のない返事を受けて、不安げな眼差《まなざ》しがつやつやと潤んでいる。このまま突き放したら泣いてしまいそうだ。

　ジャケットの右ポケットに入っていた札を一枚抜いて手渡した。これから先彼がジャーナリストとしてカメラをのぞく日がくるとは思えなかったが、それでも良かった。

「しばらく床屋にも行ってないね。切っておいでよ。カメラのぞくとき邪魔じゃない。そんな前髪じゃ仕事になんないよ」

　明日客がつくという保証はどこにもなかった。今朝財布に入っていた五万円は、健次郎がパチンコですって帰ってきた。今はもう金を渡す口実をあれこれと考えるより、勝手に持って行ってくれた方が楽になっている。

「近いうち実家に行ってみるね。しばらく帰ってないし」

健次郎はホッとした表情で、受け取った札を小さく折りたたんでジーンズの右ポケットにねじ込んだ。

「お袋さん、信心深いって言ってたよね。行ったらきっと喜ぶよ」

そんな話をしたことがあったろうか。健次郎の口から彼岸などという言葉がでたことが可笑《おか》しくて笑った。健次郎も笑いだした。彼に渡している金の名目は、焼き肉店に勤めていた頃に貯めたものと言ってあるが、そんなものはとうの昔に底をついている。

隣町の実家には健次郎とつきあい始めた頃から一度も帰っていなかった。川縁《こ》にくる前に住んでいたアパートの保証人は、町役場の職員をしている千鶴の父親だ。今さらのこのこと顔をだすよりは行方知れずになっていた方がずっと親孝行だろう。

「つまんないね、毎日」

千鶴は窓の外に向かって呟《つぶや》いた。健次郎がその言葉を合図に抱き寄せる。布団に寝ころぶと、饐《す》えた臭いが鼻を突いた。ひどく冷たい。この布団を干せるのはいつだろうと思ったとき、千鶴はやっと長く寒い冬を意識した。

健次郎が千鶴の亀裂《きれつ》を割った。水の底に引きずり込まれてゆくときの息苦しさを抜けると、広々とした川底にたどり着く。急に呼吸が楽になった。吸って吐いて。砂に洗われながらゆっくりと海へ向かう。流されながら四肢をいっぱいに伸ばし、健次郎を全身でむさぼると、金で買われる前の自分に戻れる気がした。

健次郎の指先は、皮膚の上ではなく内側を這《は》っているようだ。欲望が無言のまま千鶴の内奥へと突き進んできた。千鶴がゆっくりと目を開くと今度は彼が目を閉じる。満ちてくる海水に圧《お》された。海へと流れだしたい千鶴を圧して、健次郎はひたすら上流へ突き進む。もっと、千鶴は息苦しさに男の名を呼んだ。健次郎が吼《ほ》えた。

体を離すと、健次郎は軽い寝息をたてはじめた。千鶴は自分がまだしっかりと再生されていないような気がして、そろそろと彼の下腹部に顔を埋める。健次郎の寝息が乱れることはなかった。

霧に閉ざされていた短い夏をやり直すように晴天が続くものの、朝夕の気温は確実に下がり続けていた。風も向きを変えた。実家に行ってみると約束してから一週間が経っていた。

いつもは開店前にパチンコ屋へと出かけてしまっている健次郎が、珍しく千鶴が目覚めた時間に出窓に腰掛け煙草を吸っていた。枕元に置いてある携帯を手に取り待ち受け画面を見た。十時を過ぎている。部屋はもうもうと煙っていた。

「窓開けて。燻製《くんせい》になっちゃうよ」

「開け方わかんないんだ」

出窓に腰掛けたまま億劫《おっくう》そうに答える。

千鶴はずり落ちるキャミソールの肩ひもを直しながら窓辺に駆け寄って、滑り出し窓のレバーを力いっぱい引いた。ガシガシと砂の擦る音がして、三センチほどの隙間から秋風が吹き込んできた。部屋に漂っていた煙が渦を巻いて逃げ始めた。

「寒い」

「そんな恰好《かっこう》してるからだよ」

一体いつから煙草の煙に燻《いぶ》されていたのか、肌も髪もみなべたついている。

「今日は新台が入るようなこと言ってなかったっけ」

健次郎は大きな目を細め、照れたように笑う。なにか企《たくら》んで微笑む男は怖いが、企みもなく笑う男はもっと怖い。ぞくぞくと背筋を這い上る悪寒は、窓から吹き込む風のせいばかりではなかった。健次郎がにこにこと笑いながら言った。

「俺、今すごく仕事したいんだ」

「仕事って、なんの仕事」

「本業だよ。写真撮って文章書いて、本をだす」

どの単語も現実からひどく遠いところから響いてくる。千鶴はぼんやりと笑顔の意味が明らかになるのを待った。だからね、と男は続けた。

「まとまった金が必要なんだ」

千鶴は耳を疑った。まとまった金が必要なのは毎日のことだ。それがないばかりに逃げ回り、風呂《ふろ》もない部屋に住んでいる。健次郎が抑揚を欠いた声で言った。

「金が要るんだ」

財布に余裕などあったためしのない男が、はっきりと金が要ると言葉にしたのは初めてだった。

健次郎はビールの空き缶に煙草の灰を落としたあと思い直したようにもみ消し、煙を右手でひらひらと払いながら悪戯《いたずら》が見つかったときの子供みたいに笑った。

「要るんだよね」

「まとまった金って、一体いくらなの」

「いくらでもいい、やっと仕事がきたから。上手《うま》くいけば今までの借りも返せるし、少し楽をさせられると思う」

鳥肌を立てている千鶴に向かって、今度はとびきりの笑顔を向けた。

「北海道の海岸探訪っていう企画なんだ。いい話だろう」

「支度金って、普通は頼むほうが用意するんじゃないの」

「せっかくもらえた仕事にそんなわがまま言えないだろう」

拗《す》ねて窓の外へ視線を移す健次郎の、まっすぐな鼻筋に見とれた。

怒っても笑っても、楽しくても悲しくても、この男はいつだって美しい。この世には美しさしか持たずに生まれてくる幸福があることを、健次郎を見ていると信じられた。

「わかった。実家に行ってみる」

健次郎の肩ごしに、青色の絵の具で塗りつぶした空がある。

千鶴はここからなにかが変わるのだという予感に包まれて、いっとき寒さを忘れた。

「寒くないか。風邪ひくよ」

健次郎が足もとにあった千鶴のTシャツを拾い上げた。空き缶の口に溜《た》まっていた煙草の灰が雪のように舞った。あわてて灰を払う指先がやけにきれいだった。千鶴がTシャツの首から頭をだしたとき、健次郎がぽつりと窓の外に向かって呟いた。

「二十万くらい、かな」

千鶴が身支度をしているあいだ、健次郎は古い帆布のバッグに埃を被《かぶ》ったカメラやノート、筆記具を詰め始めた。骨の浮く細い背を眺めていると、わずかばかり残っていたはずの思い出がかき消えた。

枕元にあった携帯電話をジーンズのポケットに入れると、健次郎の荷物はすべて片づいてしまった。旅立ちの準備をしているのが彼ひとりであることが不思議で、千鶴はしばらくの間バッグを見下ろしていた。

指定された部屋に入ってすぐ、先に風呂に入っていいかと訊《たず》ねた。加藤は一瞬面食らう表情をしたが、すぐにどうぞと微笑んだ。笑うと削《そ》げた頬の縦皺《たてじわ》が深くなり、ひどく年寄りくさい。千鶴は全身から漂う煙草のにおいから逃れるため、挨拶《あいさつ》もそこそこにバスルームへ入り、急いで着ていたものを脱いだ。ほっとして湯が溜まるのをじっと見ているうちに、しまったと思いドアを半分開けて言った。

「すみません。お風呂に入っているあいだは、時間に入れませんから」

加藤は見たこともない柔らかな表情で笑った。

その日千鶴は一生懸命に仕事をした。自分の体が金を得る道具だと思ったのは初めてだった。今まではぼんやりと天井を眺めていたり時計を気にしたり、仕事以外のことばかり考えていた。しかし今日は加藤の皮膚のたるみも煙草くさい息も気にせず、快楽へ続く道を伴走している。

抑揚のない日々にいきなり立ち現れた目標が千鶴を突き動かしていた。健次郎に渡す金を、なんとしても稼がなくてはいけなかった。懸命に快楽を探り当てようと揺れ続ける。もしもこの時間を乗り切ることができたら、と思った。新たな河口に向かって流れて行けるのではないか——。

安っぽいホテルの部屋は職場で、加藤は客だった。

静かになったベッドの上で、加藤は千鶴の頭を両腕でくるむように抱き、言った。

「ありがとう」

その日の帰り際、千鶴は姿勢を正し加藤の正面に立った。

「まとまったお金が必要になりました。先日のお話、お受けしたいと思います」

加藤はわずかに驚いた表情のあと、すぐに唇を真っ直ぐにして頷《うなず》いた。

「実はすぐにでも二十万円欲しいんです。ひと月に何度呼び出してもいいです。そういうことで良かったらお願いします」

加藤はジャケットの胸ポケットに入れてあった財布から札を二枚引き抜いて、千鶴の手に握らせた。愛人契約をしている場面とは思えないほど深刻な表情をしていた。

「これはお小遣いとして取っておいて下さい。お金は一日待ってくれないだろうか。明日ここで同じ時間に待っています」

手の中の二万円を握りしめた。

「ありがとうございます。一生懸命やります」

「いいんですよ。そのままでいてくださいよ」

千鶴はそれ以上加藤の顔を見ていられず、ドアの前で深く頭を下げ部屋をでた。外はもうすっかり日が暮れており、対岸のホテルの窓からは客室の灯《あか》りが漏れている。鼻の奥がツンと痛んだ。泣く理由などないはずなのに瞼《まぶた》がどんどん熱を帯びてくる。河口を背にして歩いた。千鶴と同じ速さで川が逆流している。満ち潮だ。足もとから骨に沁《し》みる寒さが這《は》い上がってくる。

翌日、約束どおり加藤から金を受け取った。千鶴はおそるおそるなにに使うのか訊《き》かないのか、と訊ねた。加藤は困惑した顔になり、しばらく言葉を探ったあと嬉《うれ》しそうに言った。

「あなたが必要と思うお金なんですから」

二十万円が入った封筒を手にしていても、嬉しいとは思わなかった。部屋に戻れば自分のものではなくなる金だ。千鶴は頭《かぶり》を振った。二十万欲しいと言った時点で、加藤が用意した金は彼のものでもなくなっていた。健次郎が欲しいと言えばどこかでその金がふわりと浮いて、必ず彼の懐に集まってくる。千鶴はただその金を運んでいるだけだった。

川縁の部屋に着くと、健次郎が出窓に浅く腰をあずけ外を眺めていた。

「お帰り」

「どうしたの、灯りもつけないで」

千鶴は加藤から受け取った封筒をそのまま健次郎に渡した。金はすべて新札で用意されていた。

「二十万入ってる」

健次郎はうなだれた姿勢のままぼそぼそと短く礼を言うと、瞬《まばた》きを二、三度繰り返した。

「お前にできないことって、一体なんだろうな」

沈黙が数分続いた。千鶴はそのあいだ、言われた言葉を理解しようと懸命に茶封筒を見つめていた。

自分にできないこと——。

たくさんありすぎてなにから挙げればいいのかわからない。千鶴は着ていたものを一枚一枚床に落とした。キャミソールやブラジャーが、ぱさぱさと乾いた音をたてて重なる。肌からボディソープの香りが立ち上る。健次郎は黙ってそれを見ている。シヨーツを脱いだあと千鶴は、封筒を握っていない健次郎の右手を持ち上げて自分の乳房にあてた。

「しばらく、会えないんでしょ」

健次郎の虚《うつ》ろな瞳《ひとみ》が、街灯や対岸のネオンを集めてしっとりと光った。

敷きっぱなしの布団に横たわる。背に伝わる冷たさも健次郎の耳たぶの後ろから漂うアーモンドの香りも、いつもとなにひとつ変わらない。まだ加藤から得た快楽の芯《しん》が残っていた。

その夜千鶴は、自分が誰と繋《つな》がっているのか確かめるために何度も健次郎の名を呼んだ。何度呼んでも健次郎からの返事はなかった。自分から生まれる水滴がすべて川のように彼へ向かって流れてゆく。千鶴は男の体にしがみついた。健次郎は最後まで千鶴の名を口にしなかった。

「ねぇ、おっぱい噛《か》んで」

健次郎は億劫《おっくう》そうな顔で千鶴の左胸をつよく噛んだ。千鶴の乳房からつま先へ、雷が通り抜けた。

「雪が降る前に帰ってくるから」

海岸づたいに時計回りで取材場所を変えるという言葉も、半年後には本になるという話も、耳にするたび微妙に話の色合いが変わっている。

「雪って、いつ降るんだっけ」

「十月の後半か十一月の初め」

「いい仕事できるといいね」

冷えた腕の中にもぐり込んだ。

目覚めたときすでに健次郎の姿はなかった。目をこすりながら部屋を見まわす。ボストンバッグも封筒もなくなっていた。よろよろと布団から這いだして窓辺に立つ。外はすっかり日が高い。左の乳房を見ると、健次郎の歯の形が残っていた。血がにじんでいる。見つめているとしくしくと痛いのだが、顎《あご》を持ち上げて視線を離すとあっさりと痛みがひいた。

健次郎が部屋をでてから一週間が過ぎた。

夕暮れの川面《かわも》を眺めながら、硬くなった菓子パンをかじる。朝夕の気温も五度前後になり、夜中は部屋の中に居ても吐く息が白い。千鶴は一日のほとんどを出窓に座って過ごしていた。ひとつの菓子パンを二日かけて食べる。空腹は感じなかった。何気なく触れる頰から肉が削げ落ちているのがわかった。

電話を掛けることをためらっているうちに時間ばかり経った。健次郎からの連絡はなかった。ぼんやりしているうちに太陽の位置が変わり、起きたと思ったら夜になる。寂しいというのとは違った。

もしかしたら、もっとわかり易いかたちで別れられたかもしれない——。

毎日行ったり来たりを繰り返す川面を見ているうちに、激しいやりとりもないまま別れたことが良くなかったのだと気づいた。たとえ心に大きな深傷《ふかで》を負ったとしても、ちゃんと傷つけ合いさえすれば自分にまで失望せずに済んだはずだ。

千鶴は自分の内側にあるはずの寂しさを探した。河口へ向かって広がる、深い川の底を浚《さら》うような時間になった。大きさも重さもわからない。見たことのないものを求め、ひたすら浚った。流れを止めた川の底には、汚れた砂ばかりが積もっていた。千鶴は自分の手からこぼれ落ちる泥や砂に埋もれながら、ひとかけらの寂しさを願った。

この一週間は加藤と一度会ったきりだった。金を稼ぐ目的はなくなった。食べたくも眠りたくも、生きていたくもなかった。

鳴りだした携帯電話に肩が持ち上がる。千鶴は三度目の着信音で枕元の携帯に手を伸ばした。健次郎はぼそぼそと日本海側の小さな漁村にいると言った。三十年前に一度、映画のロケ地になったことがあるという。

「変わりないか」

「うん」

携帯を持つ手が痺《しび》れるまで、沈黙が続いた。言葉を選んでいるというのではない。千鶴にはもう、選ぶ言葉がなかった。

「なにか、言えよ」

携帯に向かって頷いた。健次郎が大きくため息を吐く。

「じゃ、切るよ」

十月半ば、街に初雪が舞った日だった。加藤がホテルでの別れ際、遠慮がちに切りだした。

「こういう場所じゃなく、もっと落ち着いたところで会えるようになるといいと思うんだけれども」

千鶴は川縁の部屋を思い浮かべた。まとまった金をもらいながら、一か月のあいだずっとビジネスホテルで会い続けていた。

「わたしの部屋っていう意味ですか」

「いや、すぐにとは言わないけれど。もし良かったら考えてみてください」

「うちにきたら、加藤さん卒倒しちゃうと思う」

加藤はまぶたを数回しばたいた。千鶴はいちいち自分の言葉に反応する男の目元を見て嬉しくなった。視線を窓の外に移すと街路樹の梢《こずえ》が目に入った。ナナカマドの実が枝の先で熟し、赤々と重そうだ。

「お風呂《ふろ》もないし、トイレも水洗じゃないし、お料理できる台所もないし、テーブルも椅子も、ベッドもないの」

「千鶴さん、一体どこに住んでるの」

「ここの窓から見えるかもしれない」

千鶴は窓のそばに寄り、加藤を手招きした。

「いちばん向こうの橋、見えますか」

「ああ、年寄りは遠くの方がよく見えるんだ」

「あの橋を渡ってすぐのちっちゃくて古い家。少し前は葬儀屋さんの看板が掛かってたんだけど。知ってるかな」

加藤は納得した表情で千鶴を見おろし、そのあとすぐに眉《まゆ》を寄せた。川縁の家にまつわる商売の流転を彼も知っているようだ。加藤はなぜ千鶴がそんな場所に住んでいるのかを訊《き》かなかった。

あの部屋に健次郎も居た。二人で暮らしていた。健次郎が消えた今になってやっとはっきりと感じ取ることができた。

「なんであんなとこに住んでるんだろう、私」

「理由があるんですよ、たぶん。本人も気づかないような」

加藤の言葉が腹の底に落ちた。部屋に帰れば、抱き合っているだけで良かった日々が今も漂っている。あの部屋に居る限り健次郎を待ってしまうのだろう。

「新しいアパートを探します」

加藤が小さく頷《うなず》いた。帰りがけ彼は封筒とは別に三万円を千鶴の手に握らせた。

「こんな寒空に薄着はいけない。暖かいコートでも買ってください」

いつの間にか手渡される金で人の気持ちを測るようになった。皮膚の表面、毛穴のひとつひとつから健次郎と過ごした時間が滲《にじ》みでてくる。千鶴はその場にずるずると崩れ落ちそうになり、加藤の胸にしがみついた。加藤が両腕で千鶴の体を支えた。

「僕みたいな爺《じじい》が、幸福なんて言ったら笑われるかな」

加藤の胸に頭を抱かれて、首を横に振った。千鶴は、自分がいっとき健次郎と入れ替わってしまったのではないかと思い、左胸に残る痛みをさがした。爪先《つまさき》に力を入れて背伸びをし、彼に口づける。加藤はくしゃくしゃと片手で千鶴の髪をかき混ぜた。

窓の外を見た。朝の光が街の冷えた空気を少しずつ暖めている。冷え込んだらしく、川面に靄《もや》がかかっていた。

翌日千鶴はホテルをでて、タクシーで郊外の大型スーパーに向かった。ショッピングモールのテナントでダウンコートを買うつもりだった。空腹を覚えたのは久しぶりだ。食品売り場の隅にある軽食喫茶に向かう。鼻先に揚げ物のいい匂いが漂ってきた。フ・ロアの中央にある催し物広場に、地元物産市のコーナーが設けられている。何気なく広場に視線を移した。

ぐるりと円になって放射状に小さな店舗がいくつか並んでいた。千鶴の視線がひとつの店先に留まった。『加藤商店』。ベニヤ板にペンキで描かれた看板が、やぐらのかたちに組み立てられている。やぐらの向こうで背を丸めている職人を見た。

白い衛生帽を被《かぶ》り、老眼鏡が鼻の先までずり落ちている。作務衣《さむえ》に前掛けをして黙々とすり身を油鍋《なべ》に入れていたのは加藤だった。

千鶴はしばらくぼんやりと男を見た。目が合ったのはほんの一瞬だった。加藤は表情を変えず黙々とすり身を取り分けて油鍋に入れ続けた。彼が再び顔を上げて千鶴を見ることはなかった。

「一枚百円」。赤マジックの文字が大皿と台の間に挟み込まれた厚紙を埋めている。加藤が取っ手の付いた掬《すく》い網を使って慣れた動作で油を切る。膨らんださつま揚げが跳ねながら皿に積み重なった。

千鶴は食品売り場を後にした。


タクシーに乗り込み、部屋に戻った。ジャケットのポケットに手を入れると三万円が指先に触れた。握りしめては離すことをくり返していたせいで、くしゃくしゃになっていた。自分を抱く加藤とさつま揚げを揚げていた男を重ねようとしても、なかなか上手《うま》くいかない。千鶴は皺《しわ》だらけの三万円を指先で伸ばした。一体さつま揚げを何枚揚げた金だろう。

階下で引き戸の音がした。千鶴は転げ落ちそうな勢いで階段を駆け下りる。誰がやってきたのか、薄暗い玄関口に目を凝らす。背の低い、ずんぐりとした男が立っていた。

「すみません、こちらにお住まいの方でしょうか」

男はここの地主であると名乗り、不動産屋が居なくなったことを告げた。頷くと、地主はホッとした表情を浮かべ言った。

「あとは裁判所の手続きが済み次第ここを取り壊す方向で話を進めますんで、申し訳ないんだけれども近いうちにでてもらいたいんですよ」

いったいなにを期待して駆け下りてきたのか。

加藤か、それとも健次郎か——。

そのどちらでもなかったのに、落胆はしていなかった。風が吹き、ここをでてゆく時がきたのだろう。健次郎の心がしぼんでしまったように、千鶴の思いも形を失うのだ。加藤も、思い出に疲れる日がやってくる。次第に、急いで階段を駆け下りたことも湿っぽい気持ちで札を伸ばしていたことも、なにやら可笑《おか》しく思えてきた。

「ちょうど良かった。今日か明日にでもでて行くつもりだったんです」

つとめて明るく言った。地主は一瞬面食らった表情をしたあと、神妙な顔で大きく頷いた。

「そう言ってもらえると助かります」

地主は五分ほどどうでもよさそうな世間話を続け、申しわけないという言葉を数回言って帰った。

がらんとした店舗フロアをしばらく眺めたあと、千鶴はゆっくりとした足取りで、今度は一段一段踏みしめながら階段を上った。冬を前にしているせいか部屋の中が隅々まで明るい。

ぐるりと見回してみる。部屋の隅には健次郎が灰皿代わりにしていた空き缶や弁当の殻と一緒に、お互いの体を拭《ぬぐ》ったティッシュが散らかっていた。

窓を開けた。敷きっぱなしになっていた布団を丁寧に畳む。散らかっていたゴミを記憶と一緒にひとまとめにする。

出窓の向こうに、平たく凪《な》いだ川面《かわも》が見えた。明るいうちにでて行かねばまた同じ一日が始まってしまう。潮が満ちて、またここに押し戻されてしまう。

千鶴は深呼吸を一度して、携帯に残っていた健次郎と加藤の履歴を消した。

プリズム

誰も口を開かなかった。

事務所には、朝から接客ソファーに男が居座っている。なに食わぬ顔で仕事を続ける社長と仁美《ひとみ》、入ったばかりの事務員がひとり。

男の名は野口と言った。太田運送に勤めて十年。四十になる。高校を卒業してから大型車のドライバーをしてきた。目立った違反もなく勤勉な男だった。

その野口が半年前に峠でスリップ事故を起こした。幸い自損であり事故は内々に処理されたが、雇用の継続と補償問題で社長の太田との間に溝ができた。対物対人賠償額は一般的な額の保険が用意されていたが、こと社員の身体に関わることに関して会社は手薄だった。今回の場合はすべて野口の不注意であるというのが太田社長の言いぶんで、会社の損害を盾にとり、規定どおり二十万円の退職金を兼ねた見舞金に一銭の上乗せもなかった。

社長と野口の緊迫した気配や仕事を覚えない新人事務員に挟まれ、寺西仁美は机に向かっていた。

高校を卒業してすぐに故郷を飛びだし十一年が経っていた。職歴は、ふた桁《けた》に届く頃ようやく落ち着いた。社員十人、トラック八台の太田運送の事務員に採用されてから五年経つ。仁美が入った頃は、規制緩和によって運送業界全体の収入が減っているときだった。社長は賃金の高い古株の経理担当を辞めさせるために、彼のわずか一万円余の使い込みを仁美に発見させた。会社は賃金二十五万円の経理係を切り、十三万円の仁美を残した。業務にはなんの支障もなかった。

最初におかしいと気づいたのは、社長が仁美に相談なく事務員募集の新聞広告を載せたときだ。十日前の朝いきなり問い合わせの電話が掛かってきた。社長に訊《たず》ねると、ひとりでは大変そうだからと言う。広告から三日後、子供みたいな顔をした二十歳の女が仁美の下で働くことになった。

「何をすればいいんですかぁ」

子供っぽさが残る眼差《まなざ》しでぽかんと口を開けているのを目にして、とりあえず見覚えてくださいとしか言えなかった。自分が太田運送に勤めたばかりの頃をふり返ってみても、仁美が前任者と同じ目に遭うのは時間の問題だろう。

社長が仁美を辞めさせたい理由もなんとなく察しがつく。仁美はソファーでごね続けている野口とつき合っている。若い事務員を入れて、厄介なふたりが目の前から消えてくれれば会社もずいぶん風通しが良くなる。

おとなしく辞めて欲しい社長と、ドライバーの仕事に未練のある元社員はさんざん揉《も》めた挙げ句、更に険悪な状態になった。頸椎捻挫《けいついねんざ》と書かれている診断書を持って現れた野口は、一日中事務所に粘り続けるという行動にでた。

「そりゃあ気の毒だとは思うけどさ、うちの商売もぎりぎりだってこと、野口くんだってわかるだろう」

社長が野口の怪我を気の毒がっていたのも最初だけだった。

「なにが不服なんだ。以前貸した十万だって忘れたふりをしてやってるのに」

「十万は返すよ。見舞金も要らない。だから復帰させてくれよ。退院したらまた雇ってくれるっていうから、とりあえずっていうことで退職の手続きしたんじゃないか。あんた言ったろう、便宜上だからって。俺、ここで十年働いたんだ。十年間、一銭も上がらない給料で頑張ってきたんじゃねぇか。春からまた頼むって言ってるだけだろう」

軽自動車一台からたたき上げてきた社長は、彼の要求をのらりくらりとかわし続けた。そして野口は半月ものあいだ、朝から晩まで事務所に居座り続けている。朝の伝票を受け取りにくる元の仕事仲間も、最初こそ彼に体調を訊ねたりもしたが三日目には誰も声を掛けなくなった。

社長と事務員の机の他には小さな応接セットしかない手狭な事務所だ。若い事務員はあいかわらず手持ち無沙汰《ぶさた》な様子で、社長から渡された伝票を仁美に渡したり野口に茶を淹《い》れたりしている。ドライバーたちも、今では用が終わると世間話もせずそそくさと事務所をでて行くようになった。

ふたりの関係を知っている同僚たちは、同情めいた視線を向けつつも冷ややかな態度で接している。関わればいつ自分たちが野口の二の舞になるかわからないのだから仕方ない。

電話受付や苦情処理、伝票整理や会計。手元に仕事があるうちは良かった。少しでも手が空くと仁美のいたたまれなさなど気にも留めない様子で野口が言った。

「すまんが、お茶淹れてくれないかな。この社長は俺のこともう社員じゃないって言うんだよ。だったら客だよな」

雪道に足を取られながら公園を横切る。帰り道は足取りより気持ちの方がずっと重たい。湿った雪が轍《わだち》になり、気を抜くとブーツのかかとが横に滑った。アパートに戻ると、頸《くび》にコルセットを巻いた野口が酒を飲んでいた。週に一日か二日、仁美の部屋で過ごす生活が五年近く続いている。いっそ同棲《どうせい》すればいいようなものだが、生活の不規則な野口が好きな時間に寝たり起きたりできる生活を手放したがらなかった。

野口が着替えを始めた仁美をベッドまで引きずって行き、くたくたになった身体にくすぶる快楽の芯《しん》を摑《つか》んだ。彼は仁美が二度上り詰めるまで身体を重ねない。それが女が離れて行かない方法だと強く信じているようだった。

最近は仁美も肌を合わせる度に別れのチャンスが遠のいてゆく気がする。関係が深まる気もわかり合える気もしないまま、男の指先に反応する体をもてあまし続けている。

太田運送で働き始めてすぐに野口を紹介された。結婚が話題になったのは最初の二年だけだった。野口が父親の借金を肩代わりしたときに最初の話が流れ、二度目は仁美が勝手に彼の子供を始末したことでこじれた。借金を抱えての結婚に不安を覚えたといういいわけが、野口の怒りに火を点《つ》けた。世の中にはこんな関係もあるのだろう。

「お前からも社長になんか言ってくれよ」

「言うって、なにを言えばいいの」

「だから、もう一度雇ってやってくれ、とかなんとか。あの狭い事務所でお前にまで冷たくされたら、立つ瀬も浮かぶ瀬もありゃしねぇだろう」

そんなものとうの昔にないのだという言葉を、水割りで洗う。時おり、これがたとえ紙切れ一枚であっても、夫婦だったらと思うことがある。自分も太田運送を辞めて、新しい職場を探すと言えばいいのだ。そうすれば野口だって半月も通い詰めて元の同僚や社長を困らせることは――。

いや、と仁美はうなだれた。野口に対してそこまで寄り添う、どんな理由があるのか。

「時間を置いて、また頼んでみるのも手かもしれないね。社長だって人の子だもん、気になった頃に顔をだせばすこしは違うでしょ」

ウィスキーを舐《な》めるように飲む男は、今しがた抱いた女にそんなことを言われ、ふふんと鼻を鳴らした。そして再び丸い肩を抱き寄せると、グラスの代わりに今度は女の耳の下を舐め始めた。

仁美はその夜鼾《いびき》をかく男の横で、薄いカーテン越しに舞う雪の影を見ていた。雪明かりでほのかに白む壁にも、ゆらゆらと影が落ち続けている。風のない夜らしい。朝はまた一階の住人に雪かきをしないことへの嫌みを言われながら出勤する。

仁美の頬にも雪の影が流れているのだろう。ゆっくりと、絶え間なく舞い落ちる雪を数えているうちに、いつの間にか眠りに落ちた。


仁美が武田冬馬《とうま》に出会ったのは、野口が事務所に訪れる回数が減った三月末のことだった。動きも要領も悪い若いだけの事務員では心もとないのか、社長もなかなか仁美を職場から追いだせずにいる。そこに引っ越しシーズンがやってきた。

太田運送では毎年この時期はアルバイトを雇う。梱包《こんぽう》は大手運送会社を退職したベテランが三人おり、それぞれを頭にした四人編成のチームが三組。ベテラン以外はみな大学生のアルバイトだ。一日一万円のバイトにやってくるのは、事務所の立地条件もあり北大の学生が多い。冬馬もその中のひとりだった。力仕事などしたこともなさそうな細い腕と、つるりとした少年のような顔立ち。大きな目がいつも必ずなにかを見ていた。どこを見ているのか見当もつかない若い子たちとは雰囲気が違う。若い事務員は暇を見つけては冬馬に話しかけるが、目に見える手応《てごた》えというのはなさそうだ。

「今日は午前九時到着の江別《えべつ》市大麻《おおあさ》と、十二時に単身パックの厚別《あつべつ》。あと、三時に新札幌。みんな集合住宅だから足下に気をつけてね。細かな指示は班長さんに伝えてあります」

冬馬はいつも、誰よりも早く返事をした。かといって疎まれるということもなく、年配の班長ともバイト仲間とも、そつなくやっているようだ。冬馬が他の子と決定的に違うところは、その開けてゆく明るさだろう。別段動きが速いとか飛び抜けて仕事ができるというわけでもないのに、彼はなぜか周りを照らすものを持っていた。

引っ越しシーズンが終わり、ドライバーとバイトを交えての慰労会で、仁美の横に冬馬が座った。部屋に帰ればまた野口が飲んでいるかもしれないと思うと、まっすぐ帰る気にもなれなかった。まだ酒の飲み方も知らない彼の横で、仁美は誰にも話しかけられないまま座っていた。やっぱり来なければ良かったと思い始めた頃、真っ赤な顔をした冬馬が仁美の顔をのぞき込んだ。

「寺西さん、ヒモがいるって本当ですか」

まっすぐな眼差《まなざ》しは、一体どんな答えを期待しているのかわからぬ光を放っている。

酒が入った男たちの話はあちこちに飛び、誰も仁美と冬馬の会話など聞いてはいない。みな、野口のことなど忘れたように社長の悪口で盛り上がっていた。

「私にはヒモの面倒を見る余裕なんかないけど」

「良かった。そんじゃ、やっぱり冗談なんだ」

冬馬は人なつこく笑うと、仁美と自分のジョッキを持ち上げ、店員を呼んだ。

「同じのもうひとつずつ」

その夜は二次会のカラオケでお開きになった。が、酔い覚ましに歩いて帰ろうとする仁美の後ろを、冬馬がつかず離れずついてくる。仁美は街路樹を一本数える毎に背後の足音をふり返った。アカシヤの樹を通り過ぎるたび、いつしか一歩、二歩と距離が縮まり、二人の距離は十分も歩かぬうちに手を伸ばせば届きそうなほどになった。仁美は足を止め、くるりと回れ右をした。

「大学の寮って、こっちなの」

冬馬が首を小さく横に振る。仁美はもう、街路樹が何本目だったか数えるのをやめていた。冬馬からは先ほどまでの人なつこさも無邪気さも漂ってこない。少しばかりの酒に酔って人肌が恋しくなった男の視線は、ただ所在なく植え込みのあたりをさまよっていた。仁美は小さく舌打ちをした。上手に誘うこともできないくせに物欲しそうな目をしている冬馬を見ていると、ただでさえおぼつかない日々を送る自分の、薄ら寒い足下を見られているような気がしてくる。このままアパートにたどり着いても不愉快な気分のまま朝を迎えそうだった。仁美は大きく息を吸い込み、声と一緒に吐き出した。

「寝たいならちゃんとそう言って。そういうつもりじゃないなら、帰って。物欲しそうにしていれば上手《うま》く行くと思ったら大間違いなんだから」

冬馬の視線が急に持ち上がった。唇が小刻みに動いている。声は聞こえない。

「なんて言ってんのかわかんない」

仁美は一歩踏みだし、大げさに怒った顔をしてみせた。冬馬が声を絞りだし言った。

「寺西さんが、好きです」

仁美は冬馬の手を取って、来た道を足早に戻った。人通りもまばらな裏通りを二本やりすごすと、ホテル街の湿った明かりが咲き始める。

二人はなだれ込むようにホテルの門をくぐり部屋に入った。仁美は自分に覆い被《かぶ》さろうとした冬馬の身体をベッドに横たえ、そっと彼を口に含んだ。そして仁美の肌を求めてさまよう手をシーツに押しつけ、冬馬の腰が跳ねて二度立て続けに上り詰めるまで舌を這《は》わせた。仰向《あおむ》けの冬馬が、泣きそうな声を上げる。嗚咽《おえつ》に似た若い喘《あえ》ぎ声があたりに響いた。

打ち上げの夜から、冬馬とは時間をやりくりしながら週に一度会うようになった。

野口の目を盗むことも、快楽に繫《つな》がっていた。初めて女を知った冬馬が仁美の唇に溺《おぼ》れてゆくのに長い時間はかからなかった。行き場も出口もなかった生活に針の先ほどの風穴が空いた。仁美は男の体から差し込んでくる細い光を失わぬよう努めた。そして冬馬が好んで使う「好き」という言葉を栄養にしていっそう快楽を太らせた。

公園の桜が咲き始めていた。厄介な事務員を追いだそうという社長の目論見《もくろみ》は外れ、仁美が太田運送を去る日も少しばかり遠のいた。若い事務員は、もっと実入りのいい仕事を見つけたと言って辞めた。

一方、事務所にこなくなった野口は雀荘《ジャンそう》に入り浸るようになっていた。金がなくなると仁美のアパートに現れ、それでも間に合わなくなると今度は携帯のサイトで相手を探し、仁美を使って美人局《つつもたせ》の真似事をする。

「これって、犯罪じゃないの」

「お前はただ男に会って、俺が行ったらさっさと逃げればいいんだよ」

「だから、そんなことしたら捕まっちゃうんじゃないの、って」

「大丈夫だって。やばくなる前に必ず行くから」

雀荘で知り合った男に教わった方法だという。

仁美になりすました野口が、携帯電話の出会い系サイトにアクセスした男たちの中から一人を選ぶ。実際に大通公園やファストフード店で待ち合わせをするのは仁美である。最初からセックスが目的でやってくる男たちの足はためらいなくラブホテルに向かった。話が成立し、ホテルの門をくぐるかくぐらないかというところで野口が現れるという寸法だった。

「ちょっとあんた、困るなぁそういうことされちゃ」

背後からぐいと肩を掴《つか》まれた男たちは、相手の顔を確かめもせずすぐに財布を取りだした。そのタイミングは不思議なほど同じで仁美を驚かせた。差しだされた金は、一万円であったり三万円であったり。野口が財布の中をのぞき込むと一、二枚増えることもあった。

二度成功して味をしめた野口だったが、三度目のときは仁美がホテルの部屋に連れ込まれても現れなかった。その日待ち合わせの場所にやって来たのは、筋肉が服を着て歩いているような大男だった。

「思ったより若いじゃん」

半ば引きずられるようにして、ホテルに入った。掴まれた腕から伝わってくるのは恐怖ばかりで、仁美は部屋から逃げることができなかった。

夜中、やっと解放されてアパートに戻ると、野口がウイスキーを舐《な》めていた。仁美はバッグを投げだし、テーブルの上にあったガラス製の灰皿を手に取った。太田運送が創業二十年を祝って作った、直径二十センチもあるクリスタルの模造品だ。仁美を見上げた野口が、右手で自分の頭部を庇《かば》う仕草をした。女の剣幕に怯《おび》える男の顔を見て、泣きながら叫んだ。

「なんで助けてくれなかったの」

「見失ったんだよ。お前らが歩くの速すぎたんじゃねぇか」

「見たんでしょう、あの男のこと。ちゃんと見て、敵《かな》わないと思ったから逃げたんでしょう」

「お前、俺がどんなに心配したかわかっててそんなこと言ってんのか」

仁美の手にあった灰皿は、いとも簡単に男の言葉が奪っていった。

野口は翌朝、仁美から一万円を受け取り、そそくさと部屋をでて行った。せっかくの週末を、一緒に過ごしたくなかった。

野口の去った部屋で、読んではすぐに消すメールの文字を、何度も何度も思い浮かべた。冬馬とのメールは、すぐに削除している。

——仁美さん、土曜日、暇ですか？

——忙しくはないけど、何か？

——それじゃあマックで十一時

やっと会えた土曜の昼。仁美は年上の見栄《みえ》で、あまり冬馬を見つめぬよう気をつけながら彼の話を聞く。自分の薄汚れた体が、冬馬を抱くことで洗われるような気がしていた。仁美の楽しみは冬馬の大学生活の報告を聞くことでもなく、売りだし中のお笑い芸人のギャグでもなく、食事でもなかった。

少ない収入をやりくりしてホテル代を浮かせている。心ゆくまで繋がり合うためには、一分の時間も惜しかった。快楽にうねり歓喜する冬馬の体は、いっとき仁美がぐるぐると迷い続けている迷路の出口になる。

それまで映画の話をしていた冬馬が、不意に言った。あやうく頷《うなず》いてしまいそうになり、慌てて顔を上げる。

「仁美さんの部屋を見てみたいんだけど」

「なに言ってんの」

「どんなところに住んでるのか、俺、知らないし」

「普通の狭いアパート。近所の目もあるから、あんまり人を呼ばないの」

「ちょっと寄るだけ。うるさくしない。約束するから」

この数年、部屋に野口以外の男を入れたことなど一度もなかった。見せられるようなところには住んでいないと拒むとすぐに引き下がったが、その後の会話がいちいち途切れがちになった。

女の機嫌を窺《うかが》いながら甘えたり、拗《す》ねた態度で意思を伝えたり。仁美は冬馬の様子が出会った頃の野口そっくりであることを忘れていた。そしてその手の男が結局は自分の意思を通してしまうことも。自分が決して男のわがままを最後まで拒めないことも。

「ほら、大したところじゃないでしょ。だいたい部屋になにか飾るの嫌いだし、掃除も苦手だし。殺風景だから恥ずかしいの。気が済んだでしょ。ここ音が響くから早くホテルに行こうよ」

冬馬は酒のつまみかパスタ程度しか作らない台所を見て、きれいにしてる、と微笑んだ。そしてワンルームには不釣り合いなダブルベッドを目にして、あからさまに悲しそうな目をした。

「ひとりでこんなベッド使ってるの」

「寝相が悪いから。友達からもらったものだし、今どきは捨てるにしたってお金がかかるの」

ねぇ、なに考えて――問おうとした仁美の手首を摑《つか》み、湿った眼差《まなざ》しをした冬馬がそっと自分に触れさせた。冬馬の呼吸を真似てみる。大きく吸う。吐く。止められなかった。仁美は目を閉じた。

首、鎖骨、肩、冬馬のすべすべとした肌を滑るときは指先までまんべんなく温かな血が流れた。脇腹へ腰骨へ、湿った唇をゆっくりと這わせる。冬馬の喉《のど》から抑えていた吐息が漏れる。

声を漏らすまいとする頑《かたく》なな頬を盗み見る。仁美は冬馬と肌を合わせながら手を取り、女を教える──。

今度は至福の声が仁美の唇から漏れた。冬馬の舌先が仁美の脳の内側までも這《は》いつくし、うねる。

しっとりと汗に湿った冬馬に向かってゆっくりと落ちてゆく。空っぽの体に冬馬が満ちた。仁美は体中に幸福を納める。

「ねぇ、名前を呼んで」

冬馬は声をださない。それが彼が己に課した最後の慎みであるように。

その日仁美の名を呼んだのは、冬馬ではなく野口だった。

呆然《ぼうぜん》とするふたつの裸を、ドアの前に立った野口が見ていた。仁美はダブルベッドの横によろよろと歩み寄ってきた男の眼差しを見上げた。冬馬が足下で丸まっていたタオルケットを引き上げ、自分の腰を隠した。

「なんだよ、お前ら。ここでなにやってんだよ」

野口の表情は、仕事をくれと言って太田運送に通っていた頃よりずっと情けなく萎《しお》れていた。野口がゆるゆるとした仕草でその場に座り込んだ。この男は感情をどこかに置き忘れてきたのだ、と思った。ゆらゆらと舞い落ちる雪の速度で、哀れみと恐怖が仁美の胸奥に積もり始めた。

「なぁ、服着てくれよ。目のやり場に困る」

野口は仁美と冬馬の服を持ち上げ、それをベッドの上に放った。

「着てくれよ、早く」

感情の在処《ありか》が読めないほどのんびりとした口調が部屋に響く。

こんなゆったりと話す男だったろうか。

仁美は降り積もった恐怖を心から追いだす。それでもなお、野口から視線を外すことができない。

言われたとおり服を着る。冬馬の震えが仁美の腕と太ももに伝わってきた。レースのカーテン越しにある建物の壁に、うっすらと色づいた太陽が映る。こんなに怖いのに、体はちっとも震えない。

野口とのことも冬馬との関係も前に進むことなどひとつも欲していなかった。

若い男を抱くのがそんなに悪いことか。開き直りがじわじわと胸奥で風穴を広げ始めた。野口の表情はあいかわらず情けなく、そして滑稽《こっけい》なほどしょぼくれている。恐怖は既に体温で溶けていた。胸の奥が痛がゆい。

西日が最後の輝きを放っている。夜がくるまでこんなことをしているわけにもいかない。早く冬馬をここから帰し、なんとかして野口を抱かねば。

そのとき冬馬がバネ仕掛け人形のように立ち上がり、尻《しり》のポケットから小銭入れを取りだした。四つ角を合わせきれいに折り畳んだ札が、震える手からぱらぱらと床にこぼれた。三枚の千円札。ホテル代の半分にもならない。

「なんなんだよぉ、お前」

冬馬の肩が持ち上がった。野口が仁美の前に仁王立《におうだ》ちした。あ、と思う間もなく、野口の拳《こぶし》が仁美の頭上に振り下ろされる。細かな火花が目の奥に広がった。痛みを感じたのは、ぎこちなく歩きだした冬馬の背中を目にしたときだった。

窓から入り込むわずかな西日が、野口の手に握られたガラスの灰皿に吸い込まれていた。少ない陽光がフローリングの床にいくつもの虹《にじ》を落としている。虹色の斑点《はんてん》がぐるりと壁と天井を一周した。何かが砕ける鈍い音がして、冬馬の体が雪道で滑ったみたいに空中に持ち上がり、床に落ちた。

事態を進展させたのは自分ではなく冬馬だった。仁美はここからひとりで脱出しようとした冬馬の、幼い行動に寂しさを覚えた。そして寂しさが満たされると今度は思考が感情を一足飛びにして、事態の収拾を練り始めた。

最初は陸に揚げられた魚みたいに飛び跳ねていた冬馬の体だったが、ある瞬間からぴくりとも動かなくなった。じきに横たわった頭部から血が広がりだした。重たい音をたてて、灰皿が床に転がる。振動が床を伝わり血溜《ちだ》まりの表面にさざ波を立てた。階下の住人が天井を見上げ舌打ちをしているだろう。

音を合図に立ち上がった。殴られた頭に痛みが走る。触るとこぶができていた。野口は自分の足下にじわじわと迫ってくる血を、口を開いたまま見下ろしている。全身を震わせる野口の横顔を、凪《な》いだ気持ちで眺めていた。血があと数センチで野口の靴下に届く。仁美は一歩踏みだした。

ベッドの縁に座っている野口の足下で、小一時間、バスタオルを何枚も使って床を拭《ふ》いた。赤黒い血は次から次へと流れでてはバスタオルに吸い取られてゆく。野口は仁美が見えているのかいないのか、視点をひとつに結ぶこともできない様子だ。

仁美は駄目にしたバスタオルをまとめてゴミ袋に詰め、ガムテープでぐるぐると巻いた。タオルからしみ出た血が袋の隅に溜まっていた。穴が空いたら、と思い至り慌ててゴミ袋を割く。階下に文句を言われようが構ってはいられなかった。急いでバスタオルを洗濯機に放り込み、スイッチを入れた。

手足をおかしな方向に投げだして頭頂部をへこませているものを見た。男のかたちはしているが、これが先ほどまで自分の中にいたという気がしなかった。

こんなの、冬馬じゃない――。

急がなくちゃ。仁美はブティックハンガーの横で埃《ほこり》を被《かぶ》っていた赤い大型トラベルキャリーを引っ張りだした。この部屋に落ち着くまで、引っ越しといえばこれひとつだった。自分を急《せ》き立て、急き立てた自分に急かされながら、仁美は必死で冬馬を折りたたんだ。血にぬめる頭部をタオルで包み、腹の方へ折り曲げる。膝《ひざ》をふたつ胸のあたりで折って、体育座りにさせた。手も足も驚くほど重い。

最後にトランクの蓋《ふた》に体重をかけたものの、肩幅が邪魔して上手《うま》く閉まらない。背後でゆらりと空気が動いた。

途方に暮れていた仁美に、野口が手を貸す。

野口は口を半開きにしたまま、冬馬の肩をぐいと持ち上げ勢いよくトランクの外側へ折った。そして籠《こ》もった音がした部分を押さえながら、首の後ろにできた隙間に腕を折り曲げて詰めた。野口の息は驚くほど荒く、心臓の音が空気を揺らしていた。トラベルキャリーを部屋の隅に戻して再び震え始めた野口の頬を、仁美は両手で撫《な》でた。

震える野口の頭を胸に抱きかかえる。とりあえず今はこの男しかいないのだと思うと、いっそう両腕に力がこもる。仁美の胸に抱かれながら、野口の呼吸は少しずつ落ち着きを取り戻していった。

男の両手が仁美の腰を包み込んだ。のぞき込んだ男の目が欲望に濡《ぬ》れているのを見た。仁美は血に濡れた男の手を自分の下着で拭《ぬぐ》い、その指先をそっと誘った。仁美の内肉は、蠢《うごめ》く指先の指紋のざらつきまで感じ取れるほど神経が集まっている。男の上に乗ってしまうと、自分の下で喘《あえ》いでいるのがもはや誰でも構わなくなった。快楽のあと泥のように眠れたら、もうなにも要らない。しかし何度昇りつめても、水を含んだ綿のように重くなる体とはうらはらに、意識は冴《さ》えてゆくばかりだった。

お前、すげぇよ。すげぇ――。

仁美の下で喘ぎながら野口が呟《つぶや》く。仁美は野口の体に逃げ、野口は仁美の奥に逃げた。まさかそれぞれの体が行き止まりだとは思わずに、ただひたすらお互いの体を満たし続けた。

ベッドの横にかかるカーテンを透かして街灯の明かりが差し込む。街灯が煌々《こうこう》と通りを照らす時間帯は、朝日のない部屋が唯一美しく浮かび上がるひとときだった。

「すげぇよ、お前いつからこんな体になったんだよ」

仁美は野口が自分の体を賛美する言葉を心地よく聞いた。ゆるやかに落ち、再び昇る。

体の芯《しん》に灯《とも》り続けていた微《かす》かな炎を、消さぬよう努めた。この炎が消えたら、自分にはなにも残らないのではないか。怖れることはそれだけだった。

なにも食べず、なにも飲まず、夕暮れから続いた交わりは午前二時にさしかかる頃ようやく静まった。野口はふらつきながら、冷蔵庫から缶ビールを取りだし一気に飲んだ。二本目を半分空けて、お前も飲むかと訊《たず》ねられたが、首を横に振る。

自首する、と言いだした野口を止めた。

仁美は部屋の灯《あか》りを消して五センチほど窓を開けた。体液と血の臭いが一気に部屋から流れでる。カーテンの向こうから、街灯の明かりが透けている。ふたりでぼんやりと窓を見ていた。足下や指先、向かい合った男の表情までを見るには少し明るさが足りない。

仁美はふと、自分がこんな人工の明るさの中でしか男の貌《かお》を見てこなかったことを思った。なにもかも薄ぼんやりとした景色ばかりで、はっきりと見えたものなどひとつでもあったろうか。急に、つい先ほどの快楽もひどく心もとなく、淡く頼りないものに思えた。

「寒いな」

「そうかな」

熱を手放した野口は、急にそわそわとし始めた。部屋をでるきっかけを探しているのだと気づき、慌てた。仁美は現実に引き戻されるのが嫌で、腰が浮きかけた野口の手を摑《つか》んだ。

「ねぇ、ふたりで札幌をでよう」

野口の様子は訝《いぶか》しむというよりも、怯《おび》えの気配に近かった。仁美は野口が自分を怖がっていることに気づいたが、今は男の気持ちの在処《ありか》がわかれば、それでいい。仁美より先に後悔を手に入れた彼は、ひたすら逃げおおせることに意識を傾けている。男はひとりで逃げる算段をしていた。仁美はがっかりしたことを悟られぬよう目を伏せた。

「私ね、やっぱりあんたがいなくちゃ駄目みたい」

仁美が太股《ふともも》に手を置くと、野口の肩がぴくりと持ち上がった。芝居がかった台詞《せりふ》を吐きながら薄闇で男の腹の奥を撫でている。

「お前、言いたいことがあるなら言えよ」

「そんなもん、ないって」

「俺の弱み握ったと思って、鬼の首取ったようなつもりでいるんだろう」

「まさか。悪いのは私だもの。ごめんなさい」

野口の眼球が落ち着きなく揺れる。怯えが強くなったようだ。

そうじゃなく——。

仁美は野口の太股に手をのせたまま、黙り込んだ男の意識を髪の毛一本分ずつ引き寄せる。

「ねぇ、あれ、捨てに行こう」

ブティックハンガーと壁の隙間にある赤いトラベルキャリーを指した。

「大きすぎてゴミステーションにも捨てられないし」

仁美は立ち上がり、再びずるずるとキャリーを部屋の中央まで運んだ。恩着せがましいことは一切言わない。自分の動きを怯えながら眺めている野口をまっすぐに見つめた。

ふわりとカーテンが揺れた。男の表情に緊張が走る。

「見かけよりずっと重い。男手が必要だよ、これ」

語尾を明るく持ち上げすぎたろうか。仁美、野口、赤いトラベルキャリーが鼻をつき合わせ三角形を描いている。野口は応《こた》えず、蛍光灯を恨めしげに見上げた。

午前三時。アパートの前に停めてあった野口の車にキャリーを積み込んだ。ハンドルに掛けた彼の左手にそっと触れた。震えていない。

どこに捨てればいいかと問うと、

「海がいい。海に沈めよう。なるべく人の行かないようなところがいい」

早口で野口が答えた。

石狩や小樽《おたる》には知人もいるし、浜の多い日本海側では打ちあげられてすぐに見つかる可能性があると言うので、苫小牧《とまこまい》の岸壁に向かうことにした。

「倉庫街なら、遊びで立ち寄るような人間もいないだろう」

途中で民家の植え込みから煉瓦《れんが》の塊を四つ引き抜いた。重りがないことに気づいた野口が再び震えだしたので、仕方なく仁美がトランクにのせる。

苫小牧に着くと、午前四時をまわっていた。夜を手放しかけた空に淡い輝きを放ち星が瞬いている。明け方の星を眺めたのは何年ぶりだろう。仁美は助手席の窓を開け、潮の匂いを胸一杯に吸い込んだ。

機械油の混じった海風が吹いていた。フェリーターミナルを避け、車の出入りがなさそうな場所を見つけるのに少し手間取りながら、倉庫が立ち並ぶ岸壁にたどり着いた。

「最近は不景気であんまり使われてないはずだ。ここならしばらくは誰もこない」

明日《あした》や明後日《あさって》に発覚されては困るのだと言いかけてやめた。港の空気は湿気《しけ》って冷たい。フリースが欲しいくらいの気温だ。釣り人が居ないことを確かめるため、二、三分倉庫の周辺や岸壁を走った。

「あ、ここがいい」

野口は滑稽《こっけい》なほどはしゃいでいた。

岸壁の縁《ふち》すれすれのところに車を停めると、野口が運転席の脇にあるレバーを引いてハッチを開いた。沖に、切り口も鮮やかな半月が浮かんでいた。明け方の星たちはどれも怠《だる》そうだ。

岸壁の縁に立ち海面を見下ろすと、なにやらふわふわとした目眩《めまい》に襲われた。満ち潮なのか、月に照らされた水面がうねりながら上下している。

「早くしろ」

　野口がトランク部分に敷いた毛布を丸めながら言った。仁美は煉瓦に牽引《けんいん》ロープを巻き付けては結んだ。朝がくればまた一歩前に踏みだせる。今日は社長に退職を告げよう。辞めてやる。慰留されるかもしれないという想像が指先に力を与えていた。

　仁美はまた、いっときでも若い男に欲された自信に救われてもいた。出会い系サイトで釣った男も、みなホテルへ急いだではないか――。住む場所も髪型も化粧も名前も、みんな変えてしまえばいいのだ。寺西仁美の三十年間などすぐに誰の脳裏からも消えてしまうに違いない。

　前向きな想像の後に必ずやってくる暗い予感が仁美の胸を満たし始めた。

　野口とずるずると続いたこともこんな結末もすべてはこの、暗い予感との折り合いであったように思えてくる。このくらいがちょうどいい、手放しの幸福などあるわけがないという思いが不満の残る毎日のバランスを取ってくれていた。背後で野口が声を抑え怒鳴った。

「早く落とせ」

　なぜ手伝ってくれないのか。仁美は首だけで振り向いた。三メートルほど離れた場所で、ぎらついた目の男がこちらを睨《にら》んでいた。背中にぞくりと悪寒が走る。こんなときに限って、悪い予感はより現実味を持って映像を結ぶ。

このキャリーを海に落とすと同時に、まさか――。男が一歩踏みだし言った。

「何やってんだ、さっさとやれ」

野口はもう、苛立《いらだ》ちを隠そうともしなかった。仁美は思わずまわれ右をした。手に最後の煉瓦を持っていた。

「ねぇあんた、なんでそんなに焦ってんの」

野口の視線が仁美とその手元を往復していた。今度はゆらゆらと仁美の方から二歩近づいた。近づいたぶんだけ男は後退する。野口が眼差《まなざ》しに怯えの影を含ませて言った。甲高くひっくり返った声が、岸壁で折り返す波音と交差する。

「早く捨てろ、みんな海に捨てちまえ」

「ねぇ、変なこと考えてないよね。私たち、一緒に帰るんだよね」

「さっさとやれ。落とせったら落とせよ」

海風を強く吸い込むと喉《のど》の奥が乾いてひりついた。国道を行く車のライトがかすんだ。

「泣くな、馬鹿」

男の声がようやく落ち着きを取り戻した。野口は仁美の手から煉瓦を引き剥《は》がし、ロープに括《くく》りつけた。仁美の目からぽろぽろと流れ落ちていた涙もじき喉の奥へと流れていった。

赤いトラベルキャリーは潮位を増した明け方の海へ、鈍い水音とともに吸い込まれた。仁美は自分が今なにを捨てたのか、煉瓦を結ぶ際にできた指先の擦り傷を見ながら考えた。思いだそうとするのに、既にこの港へやってきた理由さえ忘れている。

空が白んできた。波の音がひとつするたびに体から記憶がはがれ落ちてゆく。

隣にいる男がだれなのか思いだせない。

空に残っていた最後の星が消えたとき、仁美は目の前に広がる景色が色を失っていることに気づいた。

フィナーレ

半年前のヒット曲が手の中で響いていた。最新機種は音が違う。携帯電話は、目覚める前に既に握っていたようで、汗でぬめっている。デジタルの目覚まし時計は午前十一時を表示していた。慌てて着信画面を見ると「編集長」の文字。杉田潤一は深呼吸を二度して通話ボタンを押した。

「潤一君、今どこにいるのかな」

石山の甘い声が耳に滑り込んできた。四十二歳にして体のあちこちに生活習慣病を抱えた彼は、最近痛風が加わったと嘆いている。

「今事務所に向かっているところです」

石山は信じてもいないが咎《とが》めもしないという調子で言った。

「悪いんだけど今夜、ロマンス劇場の取材を頼んでいいかな」

「ロマンス劇場って、ストリップ小屋ですよね」

「二十三歳の健康な男子にゃ刺激が強いかもしれないけど、毎月の記事を参考にして、ちゃちゃっと取材してきて欲しいんだ」

明け方から右足の親指が痛み始めたのだという。

「とても我慢できそうにないんだ」

石山は歯のあいだから息を吸い込み受話器の向こうで痛みを訴えた。

潤一のバイト先はススキノの雑居ビルオーナーがスポンサーの、夜の情報誌『すすきのまっぷ』編集部だった。編集部とは名ばかりで、正社員は編集長のみ。あとはバイト記者の潤一と電話番の女の子がひとり。出社時刻は午前十時と決まっているが、守っているのはパートの電話番だけだ。だいたい携帯電話が普及しきっているこの時代に、掃除も満足にできない電話番――常に若い女――がいるなんてのが事務所の胡散臭《うさんくさ》さを物語っている。

潤一が働き始めてからこの三月で一年経つが、そのあいだ電話番は月に一度ずつ、ひどいときは半月単位で替わった。編集長の手が早ければ早いほど辞めるのも早いのだが、電話番との関係においては潤一も彼と大きな差はなかった。

だいたい、朝の十時に事務所に行ったところで仕事らしい仕事はない。風俗店専門の石山が動きだすのはほとんど夕方からで、雑居ビルの飲食店を担当している潤一もやはり忙しいのは夕方から夜中にかけてだ。写真とコメントとその月の目玉があれば、ほとんどのページは埋まってしまう。広告料を請求する関係上、無事に営業しているかどうかの確認も含め、これでいいかと各飲食店へたびたび出向く作業の方がずっと面倒だった。

石山は、金のないときは飯代だと言って小遣いをくれる。彼の頼みを断るわけにはいかない。

「承知しました」

潤一はFF式ストーブの点火スイッチに手を伸ばしながら答えた。

「この埋め合わせは必ずするから」

石山の人あたりの良さは若いころ身を置いていた任侠《にんきょう》世界の名残《なごり》らしい。彼の口癖は「堅気のみなさんには心がけて優しく」だ。ただ、過剰に柔和な態度が却《かえ》って相手の恐怖感をあおっていることに本人が気づいているのかどうかは疑問だった。顔も言葉も甘めの編集長にころりと参った電話番が関係を持ったあとすぐに姿を消すのは、彼の背中で極彩色の錦鯉《にしきごい》が泳いでいるのを目にするからに違いない。潤一も一度だけ見たことがある。半年ほど前、珍しく泊まり込みで仕事をしていた石山がTシャツを取り替えていた。息をのむ潤一に石山が言った。

「こんなもんクソの役にも立たないからね。潤一君は間違っても背中にお絵描きなんかしちゃ駄目だよ」

ロマンス劇場の取材は午後十一時からで、取材する踊り子の名前は「志おり」。指示されたことをメモし、部屋が暖まるまでと再びたばこ臭い毛布を被《かぶ》った。

大学に入り一人暮らしを始めたころは引きも切らず女が出入りしていた部屋も、今はベッドだけが唯一の居住空間になっており、見た目はほとんどゴミ屋敷だ。自炊道具はみな埃《ほこり》とヤニ汚れで触れるのも危険な状態だ。ジャーナリストになる夢をくすぶらせたまま、すべての就職活動を停止して一年と少し経つ。見なければ汚れた家電も夢も、ないのと同じだった。

歩道の雪はほとんどなくなったが、大通公園や植え込みのあたりにはまだ点々と残っていた。雪解け水が幾本か筋になって歩道を流れている。パンプス姿の女たちが器用にその水を避《よ》けて歩いていた。

基本的に取材はすべて歩いて済ませる。タクシーなど使う予算はないし、取材先はみなススキノの雑居ビルなので移動距離も大したことはない。

春の新メニュー紹介の取材を終えたあと、午後九時からロマンス劇場の最終ステージを観た。生まれて初めて入ったストリップ小屋だった。しかし、石山に心配されるほどの期待は持っていない。今さら目の前で女が服を脱いだところで、大層な刺激があるとも思えなかった。潤一の部屋にはゴミの隙間に友人やビデオ屋から手に入れたDVDが山になっている。顔やスタイルに文句を付けなければこの街で女に不自由することはない。

座席の埋まり具合は百席ほどあるうちの七割程度。潤一が座ったのはT字型に飛びだしたステージの、真正面三列目の席だった。

かぶりつきの客が細長いステージを取り囲んでいた。野球帽を目深に被っている者、作業服姿、スーツを着てビジネスバッグを抱えた者。ざっと見て五十代以上が半分を占めている。それ以下はどの年代も一、二割ずつ。二十代と思《おぼ》しき客は潤一ひとりだった。

トップの踊り子が現れた。客席にあった頭が一斉にステージへと寄った。売れ筋の曲を使っている。ボンデージの衣装を着けて挑発的に踊っているものの、さほど上手《うま》いダンスではなかった。だいたい、触ることもできない女の裸をこんな大がかりな環境で観たところで、恥ずかしい以外どんな感情を手に入れたいのかさっぱりわからない。面白がらせてくれよという挑発めいた期待や半ばしらけた気分を覆されたのは、踊り子がステージの先にやってきたときだった。

ただ透けることだけを目的に作られたガウンを着た彼女は、先ほどとはうって変わって甘いバラードが流れるなか仰向《あおむ》けになり、自分の体に両手を這《は》わせ始めた。彼女の指先が両脚の付け根でしなやかに踊る。自分を取り囲む客からわずか五十センチほどの場所で、踊り子は男に抱かれるひとときを表現していた。

踊っているときは感じられなかった感覚だった。潤一は、自分の胸奥にもうひとつ官能を受け取る器官があることに気づいた。

踊る指先よりもその表情に目を奪われていた。のけぞる体には汗が光り、ときおり胸から腹へと滑り落ちる。潤一は、まるで目の前の踊り子が自分の下であえいでいるような錯覚に包まれていた。そして絶頂を迎えるときの唇と息づかい。曲が替わり踊り子が立ち上がると、観ていた男たちの肩がゆっくりと下がる。緊張が解けて、舞台の上と下の境界線が曖昧《あいまい》になってゆく。

潤一は付け焼き刃の知識で、それが「ベッドショー」と呼ばれていることを知った。ひとりの持ち時間は二十分ほど。踊り終わったあとはポラロイド撮影で客の求めに応じてポーズを取る。客はそれぞれ自分が贔屓《ひいき》にしている踊り子に、一枚五百円の撮影料を支払い裸の脚を開かせていた。

どの踊り子のステージも生身という実感がなかった。アダルトビデオの見過ぎかと最初は思ったが、ほどなく彼女たちの裸がみな、見せるために整えられた着ぐるみのような印象を与えているからだということに気づいた。踊り子たちはみな、裸というコスチュームを着て客席に向かって挑むように体を開いている。恥ずかしがっている踊り子はいない。彼女たちが恥ずかしがれば、それを観ている自分はもっと恥ずかしい思いをするに違いない。劇場《ここ》には女の裸を観ることと観られることで生まれるはずの羞恥《しゅうち》がないのだった。

ワンステージ終わるごとに、妙な解放感が潤一を包み込んだ。実際に射精したわけでもないのに、やけにさばさばとした気持ちになっている。そこには欲望の処理が目的で得てきた快楽の、どうしようもない虚《むな》しさがなかった。

ストリップとはこういうものかと驚いたのもつかの間、トリ前の志おりのステージでは、また新たな感覚が湧き上がってきた。彼女の踊りにはそれまでの踊り子たちに感じたような、はじける若さというのがなかった。流行《はや》りの曲や元気の良さは、志おりの持ち味ではないらしい。衣装は長襦袢《じゅばん》一枚。ジャズギターで、まるで日舞のように踊る。

客席は誰も時計に視線を走らせず、香盤表《こうばんひょう》を取り出す者も、頭を揺らす者もなかった。志おりの身体から、うずきに似た切なさが漂ってくる。彼女は全裸のベッドショーではソプラノサックスの曲を使った。観ていると何やらもの悲しい気配が満ちてくる。幼い恋の懐かしさと、それを煩わしく思う気持ちが混じり合いながら記憶の箱に滑り込んでくる。初めて女に触れた日のように、胸に微《かす》かな痛みが走る。舞台を去る際に持ち上げた赤い長襦袢が、ジャズの曲と共に潤一の自尊心を揺らした。すべての照明が消えたとき、潤一は泣いていた。

午後十一時、潤一はロマンス劇場を出てすぐのところにある間口の狭いビアバーの席にいた。ここも石山が毎回インタビューで使っているところだった。ぼんやりと人の動きを追いながら先ほどの涙の意味を考えてみるが、深く掘り下げようという気持ちにはならなかった。意識せずに流れた涙だ。見てはいけないものが現れそうな気がする。志おりのステージがなにを刺激したのか、興味はあるが知るのは怖かった。

志おりが現れたのは約束の時間を二十分ほど過ぎた頃だった。潤一のジョッキはいつの間にか空になっていた。

「ごめんなさい。舞台がはねていつもの調子で化粧を落としてから思い出したんです。写真は劇場のスチールを使うって聞いたんで、急いで眉《まゆ》だけ描いてきました」

取材をすっぽかされるなんてことはしょっちゅうだと石山は言っていた。約束どおりにやってきても五分で済ませてくれと言ったり、ひどいのになると最後までまったく笑わない踊り子もいるらしい。志おりがあまりに恐縮するので、つい調子のいい言葉が滑りでた。

「いや、来てくださっただけで充分です」

潤一は『すすきのまっぷ』記者という肩書きのついた薄い名刺を渡した。志おりは名刺を受け取り頭を下げた。

「ごめんなさい。私、名刺を持ってないんです」

がやがやとした夜中のビアバーにはオールディーズが流れていた。志おりは白っぽいスキニージーンズに鮮やかなオレンジ色のタートルを着ている。思ったほど背は高くなさそうだ。素顔に眉を描き唇には薄いグロスをのせている。化粧で大きく印象が変わるタイプでもない。大きな目と薄い唇、左の目の下にある小さな泣きぼくろが白い肌に映えた。髪は生乾きのままだった。

潤一は、彼女が急いで劇場をでる姿を想像した。緊張ゆえなのか泣いてしまったことに対する恥ずかしさなのか、内奥にこもる欲望と涙のバランスが取れずうろたえた。気づけば動揺を悟られまいと無理に作り笑いを浮かべている。

「実は僕、ピンチヒッターなんです」

モスコミュールをひとくち飲んだ志おりが首を傾げる。

「担当が痛風で動けないんですよ」

志おりが笑った。咄嗟《とっさ》に年齢を推測する。はなからプロフィールなど信じてはいない。舞台にいたときに感じた年上のイメージが少し崩れた。潤一は自分と同じくらいか、上でもせいぜいひとつかふたつ程度だと思った。

「ごめんなさい。贅沢《ぜいたく》病だって聞いたことがあるものだから。でもあれって確か大の男の人が泣くほど痛いんですよね。笑っちゃ駄目ですよね」

志おりの笑い顔を見た瞬間、石山の痛風に感謝していた。

事前にロマンス劇場の支配人から受け取ったプロフィールには、デビューしてから五年と書かれていた。スカウトでこの世界に入ったこと、嘘か本当か判らない生年月日、星座、血液型。石山はいつもこんな材料で上手く顔写真に合った記事にしてしまうのだろう。

「最近凝っているのはアロマテラピーとヨガで、休日はショッピングと新作の準備をして過ごします」

質問の答えは、すべて石山の書いた別のインタビューを丸写ししてもいいくらいだ。潤一は多少うんざりした気持ちで最後の質問をした。

「踊り子になってから、今まででいちばん印象に残っていることってなんですか」

志おりはそのとき初めて視線をテーブルに落とし黙り込んだ。そして数十秒おいて、訥々《とつとつ》と語り始めた。

「新人だった頃の話ですけど。入院先の病院を抜けだして見にきてくれたお爺《じい》ちゃんがいたんです。八十三歳って聞きました。フィナーレの握手のとき、また病院に帰らなくちゃいけないって私の手を握ったまま泣くんです。ありがとうありがとうって。私、何にお礼を言われているのかわからなくて。嬉《うれ》しいんだけど、とても悲しかったことを覚えています」

「なにが悲しかったんですか」

「そういうお客さんのために踊るということに、気づかぬまま舞台に立っていたことです」

潤一はメモを取り損ねた。たとえメモしても使えないコメントだった。そのくせ気持ちの片隅では、もっと志おりから話を聞きたいと思っている。肩に力の入った頭でっかちな卒論よりずっといいものが書けそうだ。

「あのお爺ちゃんに会わなかったら、五年も踊っていなかったかもしれません」

『すすきのまっぷ』の一コーナー『舞姫天国』には、決まった流れがある。劇場もスポンサーのひとつだから、とにかく踊り子には劇場と自分のアピールをさせなくてはならない。言わなかったことでも勝手にねつ造して、経歴もなるべく軽薄に書く。夜の情報誌の風俗欄は、客が彼女たちに性的な期待と興味を持つことが第一条件なのだ。生真面目な問答を喜ぶ読者はいない。八割を客の好みや劇場の意向に変えたところで、文句を言う女の子もいなかった。潤一は最初から決まっている記事の裏付けを形式的に終えれば良かったのであり、今夜の仕事は志おりに会うことでほとんど終わったも同じだった。

頭の中で仕上がっている記事は、メモを取らなかった踊り子の悲喜を軸に展開していた。石山が作った定型の記事などどこもふまえていない。

裸で踊ることの意義を手にした志おりと、頭でっかちな卒論の下敷きになってススキノをうろつく自分が向かい合って座っている。してもしなくてもいいような取材と、その日暮らし。道北に暮らす両親の諦《あきら》めた気配とふたつ年上の兄から受ける蔑《さげす》みの言葉が耳奥に蘇《よみがえ》る。夢は夢、現実は現実だろう。もう、わかっているよという捨て台詞《ぜりふ》も吐かなくなっていた。そのうち金に困っても連絡をしなくなり、向こうからもこなくなった。現在の気楽さは、そのまま虚しさに繋《つな》がっている。

劇場の支配人は、せっかくデビューさせても一年以内に辞めていく踊り子が七割と言った。二年続けるのは二割、五年は一割未満だという。性別を意識させない優しげな目をした支配人は、志おりのことを天職と言った。

「昔ならいざ知らず、ギャラの高いAV女優がばんばん入ってくるこのご時世で、ストリップ一本で五年続けるのは惰性じゃ無理です。踊り子に求められるものってなんだかわかりますか。長いこと彼女たちを見てきて思ったことですが、それって身持ちの堅さなんですよ」

四月の第二週、志おりが再びロマンス劇場の舞台に立った。ストリップの一週は頭・中・結の十日ずつに区切られており、カレンダーの七日で一週とは数え方が違う。踊り子たちは十日間同じ劇場で踊り、楽日の翌日にはもう別の土地で踊っている。若手のほとんどがブログを持っているなか、志おりは黙々と劇場にやってくるファンとの交流——といってもフィナーレの握手と短い会話程度だが——を中心に仕事をしていた。

仕上がった記事を石山に渡した際、彼はいつもと変わらぬ柔らかい口調で言った。

「今までの記事《やつ》、読んでから書いたんだよね」

一か八か、強く頷《うなず》いた。

「それじゃオッケー」

ゴーサインを出したあと、ほとんどつぶやきに近い声で石山が言った。

「そういえば潤一君、ジャーナリスト志望だったっけ」

潤一は刷り上がった『すすきのまっぷ』を届けるという名目で再びロマンス劇場の客席に座った。事務所に割り当ての五十部を届けるだけで良かったのだが、それでは彼女にもう一度会うことができない。先日のお礼が言いたいと告げ、支配人を通して今夜また劇場向かいのビアバーで待つと伝えた。

支配人には忘れたふりをして記事の確認を取らなかった。予想通り記事は劇場側にひどく評判が悪かった。支配人は渋い顔で潤一を見た。

「お客さんが喜ぶとは思えないんだけど」

「すみません、今度から気をつけますから」

構うもんかと思っていれば、詫《わ》びの言葉も簡単に口からでてくる。生まれて初めて書いた自分の「記事」だった。風が通り過ぎるくらいの一瞬ではあったけれど、確かに自分のフィルターを漉《こ》したという充実を得た。潤一にとってはそれで充分だった。

志おりを待つビアバーの片隅で、今週デビューという新人がいたのを思いだした。まだ営業スマイルももたない新人の踊り子は、照明係兼ＤＪの華々しい紹介文句にくるくるとピルエットで舞台中央に躍り出て、いきなりフィギュアスケートで目にするビールマンのポーズを決めた。客席は思わぬ光景に肝を抜かれどよめいた。新人は客席の視線をすべて集め、満場の拍手でデビューを飾った。

店に現れた志おりは静かに潤一の前に腰をおろした。

「ありがとうございます」

髪を揺らしほほえんでいる。潤一はかねてからの疑問を口にした。

「舞台の上から客席って見えるもんなんですか」

「隅々まで見えるし、そうじゃないと駄目だと思います」

つけ爪を外した指先には小さな貝爪が並んでいる。最初からそういうものなのかと訊《たず》ねると、彼女の頬が緩んだ。

「肝が据わるまでの時間はまちまちですけど。今日デビューした彼女は、十日で覚えちゃうでしょうね。クラシックバレエを断念して飛び込んできた子なんです。ダイエットに苦しむくらいなら、いっそ裸で踊ってしまおうと思ったんですって」

志おりは劇場主から新人の面倒をみるよう頼まれて、楽屋のしきたりや礼儀などを教えていると言った。

「舞台って自分の魅力に気づくこともできるけど、その代わり嘘と本当の境目がなくなっちゃう場所でもあるんです。舞台の上で裸を見せてるぶん、舞台袖《そで》での嘘が平気になってしまう。なんでも、平気になっちゃいけませんよね」

志おりの眼差《まなざ》しはテーブルの中央にある直径三十センチの光たまりを漂っている。店内に流れていた曲が替わった。顔を持ち上げた志おりの視線が潤一のそれとぶつかった。瞳《ひとみ》が照明を吸って艶々《つやつや》と光っていた。

ビアバーの前で別れる際、志おりが言った。

「五月の中週もロマンスで踊ります。良かったら見にきてください」

平日の昼間は十席しか埋まっていないこともあったが、潤一は時間の許す限り足を運んだ。しかし決してフィナーレでは握手を求めなかった。志おりも潤一に気づいているはずだが視線を送ってはこない。劇場のモギリにも常連の客にも顔を覚えられ始めたころ、楽日を迎えた。

楽日の前日、潤一は荒れ放題だった部屋から二十数袋のゴミ袋を出した。埃《ほこり》を被《かぶ》っていた掃除機を動かし、長く敷きっぱなしになっていたシーツも捨てた。昼間石山にもう一度マスコミ各社の試験を受けてみるよう勧められたのがきっかけだった。

「潤一君が僕のところで働くのは、もっと先でもいいような気がしてさ。けっこう青臭い記事とか、書きたいでしょ。そういう人は一度ちゃんと現場で揉《も》まれて欲しいわけ。水が合ったならずっとそこにいるもよし。気兼ねなんか要らないから、あっちこっち受けてごらんよ。僕が言うのもなんだけど、潤一君にはまだ時間がいっぱいあるんだからさ」

久し振りに見たカーペットに、大学時代まだ仲間が出入りしていた頃にこぼしたコーラの染みを見つけた。南米のかたちをした染みと、石山の勧めで浮上した夢への未練が重なる。もう一度挑戦したいという気持ちの傍らにあるのは、今度落ちたら二度と立ち上がることができないかもしれない恐怖だった。

その日の最終ステージ、潤一は真正面の最後列に座っていた。哀愁と艶のあるソプラノサックスのバラードが流れ、暗がりのなか長襦袢《じゅばん》姿の彼女にピンスポットがあたる。かぶりつきに陣取っていた数人が低く唸《うな》った。

音楽に合わせて志おりが舞う。背を向けてはふり返り、正面を向いては目を伏せる。彼女が醸しだす凄味《すごみ》は、その視線から生まれるようだった。

「良いストリッパーは目で踊るんですよ」

支配人が潤一に声を掛けながら隣に腰を下ろした。

「脚を広げるのを一瞬でもためらうと、客はそこしか見ないんです。客席と舞台は視線で闘っているんだなんて、昔の踊り子さんたちは上手《うま》いこと言ってましたね」

若い客を呼べるというだけの理由でギャラばかり高いAV女優をトリに据えねばならない現実を、彼も苦々しく感じているらしい。志おりのポジションは常にトリ前の、客席をまとめる繋ぎだった。

支配人は志おりのステージから目を逸《そ》らさない。潤一は客席に座っている彼を初めて見た。不思議に思って横顔を窺《うかが》う。こざっぱりと刈られた頭髪に、わずかに白いものが混じっていた。眼鏡を外すと石山のような甘い顔立ちになりそうだが、はったりのある風貌《ふうぼう》ではない。案外ストリップ小屋の支配人には見えないことが、彼のいちばんの資質かもしれなかった。

支配人が潤一の方へ頭を寄せ囁《ささや》いた。

「今日で引退するそうです。しっかり見てやってください」

志おりの視線が切なげなバラードに乗って客席をゆるやかに流れて行く。踊り子は視線で客に問う。心から楽しんでいるかどうか――。今まで肌を合わせたどの女にもそんなことを問われたことはなかった。普通に暮らしていれば見なくても触れなくても済んだ場所を刺激されている。裸になっているのは彼女ではなく自分のような気がしてくる。それは志おりのステージ以外からは感じることのない感覚だった。

長襦袢を肩から落とし、薄い腰巻き一枚の志おりがステージの先へと歩いてくる。長い髪は肩胛骨《けんこうこつ》のあたりでゆるく結わえてあった。この十日間で潤一が気づいたことは、慣れぬ踊り子ほど腕を使いステップを踏みながら前へ出てくるということだった。歩く姿をしっとりと見せる腕がないのだ。志おりは滑るように舞台上を進む。手足を無駄に動かさぬぶん、客の目はぴんと伸ばした背筋へと吸い寄せられる。

髪をまとめていた朱色のリボンを解き、客席に放った。かぶりつきの中年男がそれを受け取った。踊り子が流した視線とリボンを受け取った男の眼差しが交差する。

踊り子は男女の出会いから別れまでを、ダンスとベッドショーの二部構成で表現する。許された時間はわずか二十分。最後まで客席を盛り上げられない者もいれば、独特の世界観で客に支えられている踊り子もいる。

オナニーショーが始まった。スローな曲に合わせて細い指先が腰巻きの上から下腹部を滑り落ちる。小刻みに腰が震え、志おりの唇が半分開く。客席の視線はその唇に注がれた。潤一も彼女が浮かべる苦悶《くもん》と歓喜の表情から目を逸らすことができなくなっていた。支配人も身動きひとつしない。指先が踊る。汗がしたたる。志おりの喘《あえ》ぎ声を聞いた──気がした。客席はしんと静まりかえっていた。志おりが大きく息を吸い込む。指先も腰も乳房も、動きを止めた。

曲が変わり、汗に光る身体を起こし、ゆっくりと立ち上がる。客席に背を向け、舞台中央へ戻りピンスポットを浴びてふり返った。最初から最後まで作り物に徹した彼女の舞台が終わる。すっと右手を天に向かって挙げた。自信に溢《あふ》れた微笑みを見た。客席が拍手に埋もれる。トリのステージが始まる頃、支配人の姿はもう隣になかった。

一時間後、潤一は劇場の通用口から十メートルほど離れた駐車場の片隅で志おりを待った。自宅や宿舎に帰る踊り子はみなここから出てくる。待ち伏せが禁止であることは知っている。知っていて待った。

花などどこにも見えないビル街の真ん中に立っているのに、どこからともなく桜の匂いが漂ってくる。気のせいかもしれないと思いながら、春の夜のまだ冷たさが残る風を吸い込む。二、三人の酔客が劇場の前でポスターを指さしながら騒いでいた。

三十分ほど経った頃、通用口のドアが開いた。背恰好《かっこう》が同じ若い踊り子がふたり、舞台化粧のまま現れた。携帯の画面を見せ合いながら甲高い声で話している。潤一のことなど気づかぬ様子で通りへと歩いて行った。

大きく深呼吸する。銀色の扉を見つめた。

五分ほどで志おりが出てきた。駐車場を照らす街灯の下、大きなスーツケースをドアの前に置いて両肩をぐるぐると回している。細身のジーンズに白っぽいジャケットを羽織っていた。リュックタイプのバッグを右肩に掛け、慣れた手つきでスーツケースの持ち手を引きだす。志おりは五メートルほど離れたところでわずかに速度をゆるめたものの、そのまま通りに向かって歩き始めた。

街灯ひとつぶん向こうで志おりが振り向いた。じっとこちらを見ている。潤一は彼女に向かって歩きだした。志おりも再び歩きだす。街灯ひとつ距離をあけてついて行く。十分ほどで大通公園に着いた。志おりは公園のはずれでスーツケースを置くと、ふたつ並んだブランコの左側に座った。

潤一はかける言葉も思いつかぬまま彼女の様子を見ていた。引退の理由を知りたかった。天職を捨てた踊り子がどこへ行こうとしているのか、確かめることでしかこの十日間通い詰めたことの答えが出ない。今は興味よりもっと切実な気持ちが潤一を動かしていた。舞台を降りた志おりが立っているのはどこなのか。焦がれた日々が、こんなにあっさりと幕を閉じることに合点がいかなかった。

日中の気温も十五度を超える日が多くなってきた。日が高いうちは上着も不要だが、夜更けとなるとまだまだ寒い。花冷えの街でTシャツの上にコットンシャツ一枚という姿で立っていれば、嫌でも夜気が脇腹に凍《し》みてくる。

志おりが座ったまま、空いている隣のブランコを指し示した。一歩踏みだしてしまうと、それまでのためらいがあっさりと消えた。

しばらくのあいだ黙ってブランコを漕《こ》いでいた。隣に合わせようと思うのだが、うまくいかない。

「出待ちは禁止って、知ってるでしょう」

子供でも諭すような声だった。はい、と頷《うなず》く。

「十日間通ってくれてありがとうございます」

「支配人から、引退するって聞きました」

志おりは涼しげな顔で、衣装もダンスシューズも化粧品も小物もすべて後輩たちに譲ってきたと言った。彼女が五年のあいだ一日も休まず全国を回っていたことを、潤一は初めて知った。

「どうせ帰る暇もないから部屋も借りてなかったし、現住所は劇場だったの。住むところもないし、明日から踊らない生活が始まるなんて嘘みたい」

「これからどこへ行くんですか」

志おりは初めて気づいたという表情で、どこがいいかな、と言った。ふざけているようには聞こえない。

「したいこととか行きたい場所とか、ないんですか」

再び風に乗って桜の匂いが漂ってきた。潤一は空を見上げた。街全体にネオンの膜が掛かって、星も見えない。

「本当はね、歩いて駅まで行くつもりだったの。朝までやっているお店でちょっと休んで、始発で実家に帰ろうって」

実家はどこかと訊《たず》ねた。志おりはようやく笑い顔になり、函館《はこだて》の近くにあるという小さな町の名前を口にした。行ったことがあるかと問われ、首を横に振る。道北出身の潤一にはほとんど縁のない町の名だった。

「ちっちゃい町なの。母と姉がふたりで美容室をやっててね。これがまた男運のない人たちなのね。ふたりとも私が五年ぶりに帰ったらどんな顔するかな。ちょっと怖いけど」

先ほどとはうって変わって朗らかな口調だった。喉《のど》のあたりで、せめてもう一日こちらに居ないかという言葉が足踏みしていた。

「五年間、私けっこう頑張ってきたと思うんです。あっさり辞めちゃうこと、後悔するのかどうかもわからない。そんな暇もなくまたなにか見つけるかもしれないし」

潤一は言葉を失ったまま、ゆらゆらとブランコに揺られていた。志おりが描く明日からの生活に客席はなく、潤一の居場所もない。ふたりの頭上で、木の枝がさわさわと葉を鳴かせていた。

「寒くないですか」

志おりは首を傾げ、そうでも、と小さく呟《つぶや》いた。

「辞めることも始めることも、自分で選んだことだしね」

潤一の喉を熱い塊が塞《ふさ》いだ。自分はまだ、ジャーナリストになりたいだけの人間だった。なにも始めていない。なにひとつ選べていない。

「支配人が言ってました。志おりさんは天職だって。踊り子に必要なのは身持ちの堅さだって。目で踊れて、客の視線を顔に釘付《くぎづ》けにできる人が、なんで辞めちゃうんですか」

いっそずっと触れられない場所で踊っていて欲しかった。

「身持ちが堅い、か」

何かを吹っ切るような声が頭上から降り注ぐ。立ち上がった志おりが潤一の手を取った。泣きそうな顔を見られ、目を伏せた。

潤一はその日、ススキノのはずれにあるホテルで彼女を抱いた。ホテルを選んだのも、抱き合うことを決めたのも志おりだった。つい数時間前まで舞台の上にいた女と抱き合っているという気がしなかった。彼女とそうなることを望んでいたのかどうかさえわからない。

さばさばと自ら服を脱いでバスルームに消える彼女を追う。向かい合ってバスタブに体を沈めた志おりは、最近人気が出てきた歌手の話をしていたかと思うと、いきなり今まで潤一が経験した女の数を訊ねたりした。そして、少なくはないと思うと答えた途端に吹きだし、よく響く声で笑った。

志おりの体はすっきりと晴れた夏の空に似ていた。あっけらかんと開かれた体には舞台の上にいたときに感じた妖艶《ようえん》さがなかった。唇を重ねると、なぜか支配人の顔が浮かんだ。しかしそれも彼女の体に沈む頃には消えた。志おりはもう、踊り子ではなかった。

もうなにも考えたくなかった。思考を捨てた体が熱を持ち、膨らんだ熱の塊が逃げ場を求めて走りだす。潤一がその日たどり着いたのは、志おりの体と同じくらい明るい場所だった。

明け方、靄《もや》のかかったビル街の交差点で志おりと別れた。

こんな時間にもまだ人通りがある。とうとう志おりの携帯番号を訊ねることができなかった。駅に向かって歩いて行く彼女の後ろ姿を見ながら、それは潤一自身が選んだことなのだと思った。抱かずにいればあっさりと訊《き》けた気がした。しかし教えてはくれないだろうことも想像できて、そんな場面に傷つくくらいなら訊ねなかったことを後悔したほうがましに思えた。

その年の夏潤一は、一度受けて落ちた新聞社や敷居が高くて気後れしていたテレビ局など、ありとあらゆるマスコミの採用試験を受けた。与えられた時間と精一杯向き合っていれば風は自分の背中を押すはずだという、根拠のない自信に支えられていた。明日の自分を思いわずらう日々が、ひととき体を通りすぎた女のことなどすぐに忘れさせてくれると思った。

結果は惨憺《さんたん》たるものだったが、どういうわけか一社だけ内定通知をくれたテレビ局があった。最初から駄目もとと思いながら受けたところだ。面接で尊敬する人間を訊ねられた際、迷わず石山のことを話していた。面接官のひとりが、一度就職を諦《あきら》めた理由について質問をした。自分には必要な時間だったと答えた。

無事内定したことを告げたとき、石山は顔をくしゃくしゃにして喜んだ。

「良かった。潤一君の書いた記事は僕のところじゃあんまり役に立たないんだ。役に立つところで頑張るのがいいよ」

翌年の夏、潤一は道東の港町釧路《くしろ》に赴任した。列車から降りてすぐに、街全体を包み込む水産加工場のにおいがした。学生時代によく行った銭函《ぜにばこ》や黄金岬《おうごんみさき》という日本海側とはまったく違う、魚粉《ミール》と機械油の混じった潮のにおいだ。見知らぬ街の風景を見るたび、そこに志おりがいるような気がする。別の女と関わるたびに、妙な喪失感が胸にせり上がった。志おりを忘れられるような出来事などにひとつ起こらないまま、潤一は念願だった道の第一歩を踏みだした。

釧路支局での仕事はまず、地元ニュースの際に現場で行うリポートだった。ある程度の予定原稿を持ち、現場で更に付け加えながら的確な言葉を選んではマイクへと放り込む。髪の長さから笑顔の作り方、ワイシャツやネクタイの果てに至るまですべて上司のチェックが入る。リポートを終えて支局に戻り、デスクに「ひどい感想文だったな」と言われるのも毎日のことだった。そんなことを言われても、不思議と悲しいとか悔しいという気持ちにはならなかった。

時には言葉遣いを間違って抗議の電話を受けることもあった。ただ、そんな場面でさえ大きく表情が変わらない潤一のことを、周囲は「食えない新人」と呼んだ。最近ことに感情の起伏が表面に出なくなっていた。

その日お昼のニュース時、潤一は隣町の大型スーパーの駐車場にいた。秋の交通安全啓発イベントのリポートだった。駅前の目抜き通りは閑散としているのに、新興住宅街や郊外型の店舗が立ち並ぶ国道沿いは車がひっきりなしに通り過ぎる。リポートを終えて、子供たちが警官の制服を着たトラのぬいぐるみから風船を受け取る光景をぼんやりと見ていた。

風に誘われ空を振り仰ぐ。頭上高く、水色の絵の具をもっと濃くした色の空が広がっていた。昆布原の黒っぽい海が近いせいかもしれない。夏よりずっと力強い日差しが降り注いでいるのに、風はもう冷たかった。

湿原を旋回して高度を下げるエアバス機の白い腹が見える。胸ポケットで携帯が振動した。画面に「編集長」の文字。頬が弛《ゆる》んだ。

「挨拶《あいさつ》状届いたよ。ありがとうねぇ」

間延びした石山の声を聞くと、埃《ほこり》っぽい駐車場の景色もひどくのどかに見えてくる。

「そろそろいい娘でも見つけたかなと思ってさ」

「ぼちぼちってとこです」

携帯電話を挟んでお互いひとしきり笑ったあと。石山はわずかに声を落とした。

「札幌《こっち》に用事のあるときは寄ってよ。たくましくなった潤一君も見てみたいし」

潤一はもう一度空を振り仰いだ。

その日初めてデスクが潤一のリポートに毒を吐かなかった。

「ちゃんとカメラ見て話せるようになったんだから、次は噛《か》むなよ」

会社からの帰り、高揚している気はしないのに冷たい風が気にならなかった。普段は通らない道を選んだのも、デスクの言葉を長く反芻《はんすう》するためのように思えた。

十分ほど歩くと、小さなジャズ喫茶を見つけた。今どきジャズを売りにしている喫茶店も珍しい。「ウイング」と彫られた木のプレートに、営業中と書かれてある。船の甲板で見るようなドアを引く。大音量のジャズサックスを浴びた。誘われるように店内へと足を踏み入れる。薄暗く狭い空間いっぱいに音が充満していた。壁や天井、店内に染みついたコーヒーの香り。胸底深く沈めていた気泡が急激に水面めがけて立ち上ってくるようだ。

カウンターが六席、ボックス席がふたつの店だった。店の奥にはタンスのようなスピーカーが、いちばん広い壁には畳一枚ほどもある海と崖《がけ》の絵が掛かっている。壁置きのピアノの上にはロシアのマトリョーシカが窮屈そうに並んでいた。照明は崖の絵を照らすスポットとカウンターの中のふたつ。カウンターの端にアーミージャケットを着た男がひとり座っていた。客はその中年男ひとりしかいない。

「いらっしゃいませ」

マスターは真っ白い髪を後ろで束ねている。カウンターの奥にオーディオ装置があった。短い暖簾《のれん》の向こう側に、機材を調整している人ひとり立つのが精一杯で、体の向きを変えるのさえ大変そうな狭さだ。潤一がもう一方の端に席を決めると、CDを交換し終えた店員が振り返った。いらっしゃいませと言った語尾がイントロのベースでかき消える。

志おりだった——。

長かった髪を顎《あご》の位置で切りそろえ、薄い化粧と白シャツ姿で微笑んでいる。ちりちりと喉《のど》の奥を音にならない言葉が焦がし始めた。潤一と目が合い、彼女が目を伏せたように見えたのも一秒足らずのことだった。

「うちのメニュー、ブレンドだけですがよろしいですか」

客としての自分に向けられた微笑みに頷《うなず》くのがやっとで、潤一はなぜここに志おりが居るのかを想像することができない。呆然《ぼうぜん》としたまま、手動ミルで豆を挽《ひ》き始めた彼女の手元を見つめた。

不意にカウンターの向こう端に座っていた男の声が大きくなった。

「毎月家賃捻出《ねんしゅつ》するので手一杯なんだよ。ミニコミ誌なんか作って儲《もう》かってるヤツなんかいないのわかってるんだけどさ。今月で辞めようと思いながら一年経っちゃったりしてるんだよな」

よれたジャケットを盗み見た。男は「由美ちゃん」と彼女を呼んだ。

「この時代、どうやったら株で儲かるわけ。この店の借金全部返せるくらいったら、相当じゃなかったの。一度俺にも儲けかた教えてくれよ」

潤一は男のジャケットから視線を上げた。ざらついた顎に一日の疲れを滲《にじ》ませて、男も潤一の方を見た。ここにくる前にどこかで一杯ひっかけたのか、男の目元は卑屈で挑発的だ。由美と呼ばれた彼女はミルを回す手を休めず頬だけで笑う。

「ねぇ、教えてくれよ」

彼女は挽き終わった豆をミルの引き出しからネルのドリップに落とした。一連の動作にはひとつの無駄もなかった。銅製のドリップポットに入っている湯の温度を確かめたあと、彼女はアーミージャケットに向かって言った。

「だから、何度も言ってるでしょう。すぐに止めたから残ったお金なの。ただの運よ。地道がいちばん。欲を掻《か》くとろくなことないのわかってるでしょう。シゲちゃんも文句ばっかり言ってないで。体使って働きなよ」

道南の小さな町で、母と姉が経営する美容室を手伝っているはずの志おりを思い浮かべた。どこにもいない女の方が、目の前でコーヒーを落としている彼女よりもずっと現実味があった。

志おりの居場所とは、もともとこの店だったのかもしれない。白髪のマスターの鼻《び》梁《りょう》や頬、目元は彼女にそっくりだ。志おりは五年間一日も休まずに踊り続け、客の求めに応じてコーヒーを淹《い》れる日々を得た。潤一も希望していた職を得た。ふたりはお互いにささやかでも堂々と生きる術《すべ》を手に入れてしまった。そして望んで手に入れた場所で、静かに生きている。不思議と去年の春に彼女がついた嘘を責める気にはならなかった。

志おりの淹れたコーヒーをひとくち飲む。驚くほど苦い。ススキノの交差点で別れた朝と、よく似た気持ちになった。

寂しくも悲しくも、嬉《うれ》しくもない。胸の奥に沁《し》みるような痛みがあるだけだ。

マスターが小さな皿に三つチョコレートを並べて、潤一の前に差しだした。

「お嫌いじゃなければどうぞ」

礼を言ってひとつ口に放り込む。志おりがアーミージャケットからコーヒー代を受け取り、店の出口にある旧式のレジスターに入れた。

「しっかりしなさいよ」

背を丸めている男に掛けた言葉が響いた。レジの方を見ていたマスターの頬に、やるせない皺《しわ》が寄った。

「景気も少しばかり良くなったところでどうにもならない。こんなはずれまで届く前に消えてしまうんですよ。ちっちゃな商売にとっては畳むのも続けるのも苦しいことには変わりないんです。お客さん、どちらからですか」

「地元の人間には見えないですか」

マスターは少し首を傾げ、初回からひとりという地元の客は珍しいのだと言った。

「真っ黒い壁にこんな店構えですから、みんな怪しがってね」

志おりが、男が去ったあとのカウンターを片付け始めた。潤一は途切れなく流れる音楽《ジャズ》を聴きながら、ゆっくりと時間をかけてコーヒーを飲んだ。いつまで経っても、彼女が潤一の前に戻ることはなかった。

潤一はしばらくこの街に留《とど》まることを告げないことに決めた。ささやかな嘘を決意すると、志おりがついた嘘も薄れてゆく。好きな曲が終わったのを機に席を立った。

「五百円になります」

レジスターの向こうで彼女が微笑んでいた。千円札を出せばお釣りをもらわなくてはいけない。今はまだ手が触れることに耐えられそうもなかった。小銭入れの奥に五百円玉を見つけ、ほっとしながらトレイに載せた。

「ありがとうございました」

微笑む彼女と目を合わせることができない。短かく礼を言って店をでた。ジャケットからコーヒーの匂いが立ち上った。この街で始まった新しい暮らしを踏みしめる。振り仰いだ空に、霞《かす》んだ満月があった。

風の女

夏が終わろうとしていた。空は昨夜の雷など忘れたように静かな青を広げていた。炊きたてのご飯を盛ったちいさな茶碗《ちゃわん》を仏壇に供える。両手を合わせて朝の挨拶《あいさつ》を済ませると、背後で電話が鳴り始めた。

「沢木美津江さんでしょうか」

男の声だ。セールスの電話だろうと思い、短く返事をする。

「沢木洋子さんのことで、ご連絡いたしました」

五歳上の、姉の名だった。高校の卒業を待たずに家を出たきり、二十八年間行方がわからなくなっている。美津江の記憶には、十七歳までの姉しかない。遠い記憶から洋子の面影が近づいてきた。父と母の位牌《いはい》が並ぶ仏壇を振り向き見た。

男は寺田樹《たつき》と名乗った。たったひとりの姉が、母親と同じ病名で死んだと報《しら》されても、特別深い悲しみは訪れない。

「事情があって、洋子さんは寺田の籍に入っておりませんでしたので、僕が遺骨を北海道にお連れすることになりました」

寺田樹は葬儀の連絡もしなかったことを詫《わ》びたあと、週末にも留萌《るもい》の実家を訪ねたいと言った。

道北の港町からどんな道筋で東京にたどり着いたものか、想像もつかない。残っているのは、生家で過ごした時間よりも長いときを、親姉妹に会わずに過ごしたという事実だった。自分たち親子の確執と、遺骨を預かっている家の事情は、まったく別のものだろう。同じ次元で考えてはいけない。

美津江は寺田の申し出に「承知しました」と応《こた》え、無意識に頭を下げていた。父と母を看取《みと》ってからは特に、考えるより先に頭を下げる癖がついた。下げてから、理由を考えている。状況がどうであれ、こちらが面倒を言い始めるときりがないというあきらめもあった。

短い会話だけで詳しい事情を窺《うかが》い知ることはできなかったが、籍が入っていないことを理由に墓に入れられないというからには、なにかしら騒動があったのだろう。美津江は素直に遺骨を受けとれば、なにも問題は起こらないだろうと判断した。

「詳しいことは、お目にかかってからゆっくりご説明したいと思います」

洋子が死んだこと、遺骨を生家に返すこと、そのために週末に東京から訪ねてくること。情報はそれだけで充分という気がする。あとは寺田樹の家にまつわるいいわけと事情だろう。電話を受けるまで、美津江は自分に姉がいたことも忘れていた。

浜辺を見下ろす丘に立ち並ぶ風力発電の白い羽が回り始めた。地鳴りに似た音が響いてくる。

姉の洋子が家を出たのは美津江が十二歳のときだった。

思いだされる場面のひとつひとつは、男から姉の名を聞くまで胸の奥で静かに眠っていた。

父も母もそれが自分たちに科せられた罰のように、美津江の前で洋子のことを語ろうとしなかった。高校二年で書道師範の免状を持つ長女への期待は大きかったろう。ちいさな書道教室ではあっても、後を継がせるのは姉の洋子と誰もが信じていた。母もまた、妹の美津江に対する態度とは違う厳しさで洋子に接していた。

芸事を生業《なりわい》とする家に漂う緊張感はあってもそれなりに順調だったのは、洋子が高校二年になるまでの間だった。あの年、親と娘の足並みが狂い始めた。

新しく担任になった青年教諭のことを、洋子はよく美津江に話してくれた。小学生の妹にしか話せないことだったのだと、今ならわかる。そのころ洋子は苦手だったはずの数学の成績がテストのたびに上がった。勉強を理由にして稽古《けいこ》を休むようになった娘を、父は許さなかった。稽古に身の入らなくなった姉に手をあげていた父を、美津江は何度も戸の陰で見た。父との溝が深くなればなるほど、洋子が彼に寄せる思いも深まるようだった。そのころ美津江は、夜中に家を抜け出して公衆電話に走る姉を何度か見た。

洋子には、幼いころからなにをしても敵《かな》わなかった。姉は常に美津江のはるか前方を走っていた。洋子の初めての恋は、人口三万人という街の文化人一家に訪れたスキャンダルになった。

高校に投書があり、両親の耳に入ったときにはすでに近隣では知らぬ者がいなかった。父は娘の噂を信じない。うろたえる母に父は、洋子に男性経験がないことを証明しろと命じた。それを学校に突きつければいいという。母親であることの前に妻であることを選んだ母は、嫌がる洋子を無理やり婦人科へ連れて行った。結果、母は自らの愚かさに震え、居間で声をあげて泣いた。洋子が家を出たのはその翌日、日本海に強い風が吹き始める初秋のことだった。

洋子が残した言葉を、ひとつひとつ思いだす。

「ひとって、逃げてもいいんだと思う。誰になにを言われても構わないと思ったら、怖いことなんかなくなるんだよ」

「お姉ちゃん、どこへ行くの」

洋子は美津江の問いに答えなかった。骨になって戻るという洋子が、二十八年ものあいだなにから逃げていたのか考えてみる。想像の中の姉はいつの間にか美津江の姿に変わり、居間に立ち尽くしている姿でふっつりと消えた。

洋子が姿を消してから六年後、美津江も同じように町から逃げてみた。与えられたものを捨ててこそ得られる自由があると信じていたが、どうあがいても思い描いていたような生活は訪れなかった。金は入ったぶんでて行ったたし、ときには入った以上にでた。札幌の夜の街では、結局そんな働き口しか見つけられなかった。

二十歳になって二年ぶりに実家に戻った美津江を見ても、父と母は札幌でなにをしていたのかを訊《たず》ねなかった。

「もう気が済んだろう」

父の言葉に促され、そのまま書道の稽古を再開したのだった。

時が経ち、最期まで両親の面倒をみた孝行娘と持ち上げられて、いつの間にか人生の収支が合ってしまった。一度太い線を引いてしまうと、そこから先の生活は無気力なものになる。再びなにかを始めるのは億劫《おっくう》なことだった。

風に運ばれ洋子が帰ってくる。美津江は骨になって戻る姉を羨《うらや》んだ。

その週末、太平洋上で進路を東に変えた台風十四号は、日本海側に夏を思いださせるような気温と晴れ渡る空を残して去った。

出稽古から戻り、玄関の掃除をしていると寺田樹から電話がはいった。

「今、留萌駅に着きました」

美津江は駅まで迎えに行くと告げた。

「寺田です」

ちいさな駅舎の待合ベンチから立ち上がった男を見て、慌てて頭を下げた。紺色のスーツという姿を想像していなかった。右手に黒いボストンバッグを提げている。義理の息子というけれど、年齢も美津江とそう違わぬように見えた。すっきりとした目元と額に垂れた短い前髪、細身だが貧相な感じはしない。どこかで会ったことがあるような気もするのだが、それがどこだったのかを思いだすことはできなかった。美津江は自分よりも頭ひとつぶん長身の男を見上げた。

「このたびは、遠いところをありがとうございます」

洋子の遺骨はバッグに入っているようだ。

「突然電話などしてしまってすみませんでした。お電話でちゃんとご説明すべきだったのですが、お目にかかったほうが早いと思いまして」

十代の洋子が好んでいた場所を案内しながら家に向かうことを告げる。樹は車の助手席に座り、バッグを膝《ひざ》の上にのせた。そこに洋子の遺骨があると思うと、後部座席に置くことを勧めるわけにもいかない。いきなり家へというのもためらわれての回り道だが、走りだしてから遺骨を家に置いてからにすべきだったことに気づいた。

海辺に向かう国道は、ところどころ工事中で片側通行になっている。樹は狭いシートに背をあずけて、ため息混じりに言った。

「声まで似ているんですね」

「姉が父似で、わたしは母親に似たと言われていましたけれど」

「いや、お顔も声も洋子さんにそっくりですよ」

「わたしは、十七までの姉しか知らないんです」

父も母も姉も、もう語らず思わずなにも生まないところへ行ってしまった。目に見えないものを信じたり悲しんだりするには、ここ数年、死はあまりに身近にありすぎた。いつも心のどこかで誰かの死を待っている生活は、心を荒《すさ》ませるばかりだった。

父と母を立て続けに見送ったあとは、ふたりがいない日々が続いている。そこへ洋子が遺骨になって戻ってきたとしても、美津江の毎日は変わらない。誰もいないことになんの変わりもなかった。

アーケード商店街を抜けて少し走ると、青よりは黒に近い色の海原が見えてきた。樹がフロントガラスに広がった景色に身を乗りだす。

「日本海ですね」

「夏は海水浴客がたくさんきます。家はここを見下ろす崖《がけ》の上です。黄金岬へご案内します。ただの岩場ですけれど、町の観光名所なんです」

秋を迎えて閑散とした駐車場に車を停めた。岩場に向かって歩く美津江の少し後ろをボストンバッグを持った樹がついてくる。

夏よりも太陽が重たそうだ。縮緬《ちりめん》模様の波に跳ね返される光がまぶしい。岩と岩を繋《つな》ぐ渡し板のような橋で立ち止まる。黄金岬とは言っても背の低い岩場だ。道路沿いに数件の土産物屋があるが、どこの軒先も閑散としている。

樹が背後でぽつりと言った。

「こちらの海は一見穏やかそうに見えるけれど、岩のそばまでくると途端に波が荒くなるんですね」

美津江は声のするほうへ、向き直った。バッグのファスナーが開いていた。樹はまるで洋子の遺骨に波の音を聴かせようとでもするように、バッグを持つ両手を前へと差しだした。

魂が半分吸い取られでもしたように見えた。洋子の骨が彼の魂を吸い込み、再び呼吸を始めるのではないかと錯覚する。思わず目をそらした。無防備なものを見てしまったという悔いは、車に戻ってもまだ美津江の胸奥に残っていた。

岬を出発してから五分で自宅へ着いた。仏間に案内すると、樹は一礼して仏壇の前に座った。焼香の準備をしている彼の背後で、美津江は迷いのない手順や仕草に彼の育った環境を思った。

仏間の窓からは、葉を落とし始めた木々の枝と風力発電の羽が見える。ゆるやかな速度で回りながら、美津江の心を攪拌《かくはん》する。お香のにおいがつよくなり、鈴が鳴らされた。

傍らに置かれたバッグから、朱色の鮫《さめ》小紋柄の風呂敷《ふろしき》包みが取り出された。丁寧な仕草で一段高いところに置いたあと、樹はもう一度鈴を鳴らし手を合わせた。祈りの気配が去ったあと、彼は静かに体の向きを変えた。

「あの羽、岬からも見えましたね」

「風の強い日は地鳴りのような音を立てて回ります。子供のころと比べると、海鳴りにいろいろな音が混じるようになりました」

「二十八年前とは、景色も違うんでしょうか」

「海水浴場にひとの手が入って、夏場だけ観光客がやってきます」

内陸からやってくる海水浴客やキャンパーたちのおかげで、夏のほんのいっとき町は賑《にぎ》わう。それでも年々減少してゆく人口や高齢化を止めることはできない。樹が軽く咳払《せきばら》いをした。

「なにから話せば順序がいいのか、ずっと考えていました。でも、なかなか思い浮かばなくて」

「寺田さんが思いつかれた順でけっこうです」

樹は美津江の顔を見て、再び「そっくりですね」と言った。

「そんなに似ていますか」

「はい。駅に入ってきたあなたを見て、本人かと思うくらい」

幼いころは似ていると言われたこともなかった。ぼんやり顔の美津江に比べて洋子はきりりとした美人顔だ。樹の額に垂れた前髪が、うなずくたびに揺れた。

美津江は寺田樹の顔を見て、やっとどこで会ったかを思いだす。先月号の「書道人」の巻頭グラビアだった。樹は書道家の寺田州青《しゅうせい》ではないのか。書壇では知らぬ者はいないだろう。中央の第一線で活躍する若手書道家をこんな間近で見たのは初めてだった。書道雑誌には必ず彼の記事や対談が掲載されており、この夏の号では特集を組んでいた専門誌もあった。躍動的な線に色気がある——というのが彼の作品全般における書壇の評価だ。

なぜここに書道界を背負って立つ男がいるのか、なぜ彼は姉の遺骨を持ってひとりで現れたのか。

「間違いでしたらすみません、寺田さんは、書道家の」

うっかり口にしたはいいが、それ以上の言葉がでてこない。美津江の様子を察したのか、寺田樹は照れる様子もなく答えた。

「寺田州青です」

創作は当然、臨書に至れば美津江が一生かかっても引けないような線をいたずらっていでのように書くことができる。すべての筆痕《ひっこん》を生かせる才は、天から与えられたものだろう。

洋子がどういったいきさつで寺田家に入ったのか、疑問ばかり湧いてくる。地方で書道教室を開いている程度では一生会えない人間だ。言葉を選んでいるうちに、樹が話し始めた。

「彼女が寺田の家にやってきたのは、十五年前でした。父は当時六十です。僕は放蕩《ほうとう》息子で、家にはでたり入ったりしていました。洋子さんとはたまに顔を合わせるくらいで、父が伏せる前まではあまり話したこともなかったんです」

「失礼ですが、お母様は」

「元気にしています」

樹は眉《まゆ》を寄せ、申しわけなさそうに答えた。洋子が寺田の墓に入らぬ理由がわかった。内妻であれば、仕方ないことだ。

彼の父、書壇の頂点といわれた寺田州黄《しゅうおう》が洋子を連れて家に戻った際も、母親はなにひとつ文句を言わず迎え入れた。

「崩壊するほどの家庭など、最初からなかったんです。母はもともと家事などするひとではなかったので、食事も父の身の回りの世話もすべて使用人に任せきりでした」

「姉も、使用人のひとりということですか」

樹は首を横に振った。

「洋子さんは、離れにひとりで住まわれてました。玄関も水回りも別の、古い家です。

表側からはまったく見えない造りになっているので、そこに住まうひとはみんな代々『お裏様』と呼ばれていたらしいです」

使用人でも妻でもない。美津江はその意味を深く問うのをやめた。

「父が寝たきりになってからは、洋子さんが離れで介護していました。書壇の宝と呼ばれた男も、幕引きは静かなものでした」

「奥様は、なにもおっしゃらなかったのですか」

「洋子さんにすべてお任せして、のんきに暮らしていました。申しわけないことです」

「姉は、どこで州黄先生と知り合ったんでしょうか」

「新宿で書道パフォーマンスをしている彼女を、連れ帰ったそうです」

樹は、世間から見れば奇異に映るだろう寺田家の人間関係や、洋子を得て均衡が保てた十五年のこと、樹の母親も洋子を認めていたこと、墓に入らないことは洋子本人の申し出であったことを訥々《とつとつ》と話した。

「家の者はみな彼女に感謝しておりましたので、寺田の墓に埋葬することは言葉にださずとも暗黙の了解だったんです」

それを生前、洋子が拒否したというのだった。

大筋は理解できるが、なにか大切なことを聞き漏らしている気がする。彼の言葉からは、洋子と樹の関係がまったく見えてこなかった。話を聞いている限りでは、彼は寺田州黄の息子であって、洋子とはなんの関わりもない。岬での様子がふたりの関係を余計にかすませている。

「姉は、どうして最後の最後にこっちに戻ると言い残したんでしょうか」

美津江の問いのあと、樹はしばらく視線を窓の外へと移した。

「父や僕と、同じ墓に入るのが嫌だったのかもしれません」

樹の応《こた》えがたとえ問いからずれていたとしても、それ以上訊《たず》ねてはいけない気がした。美津江も窓の外に視線を放った。

「こちらはもう、父も母もおりません。姉もたぶんほっとしていると思います」

「おふたりとも、もう」

「母は二年前に、父はその一年前に。仲が良かったというわけでもないのでしょうけれど、後を追うようにして時を置かずに逝ってしまいました。わたしもようやく最近ひとりに慣れてきたところでした」

「死んだひとばかりだ」

樹が低い声でつぶやいた。仏壇を見る。かつて洋子を支えていた骨が、生家に戻ってきた。父も母もいなくなってから戻ってきた洋子を羨《うらや》ましく思いながら、美津江はすこし迷って声にせずつぶやく。

――お姉ちゃん、おかえり。

四十九日は、秋の冷たい風が海から吹き上げる日だった。

そう時を置かずに雪の季節がくる。樹が再びやってきたのも、晴れて風の強い日の午後だった。今度は空港からレンタカーを借りるという。樹は前回慌ただしく帰ったことを詫《わ》び、節目にお参りさせてほしいと言うのだった。

「なんだか、あれから東京にいても、ふとしたときにこっちで観た景色を探してしまうんです」

「札幌や旭川《あさひかわ》とはまた違うでしょうから」

樹は仏壇にお参りしたあと、先日と同じバッグから風呂敷包みを取りだした。縮緬《ちりめん》の結び目を解くと、漆塗りの文箱《ふばこ》が現れた。仏壇の花を置く台の下に滑り込ませる。中身を問うた。

「洋子さんの、お道具です。ここにあるのがいちばんだと思ったので」

美津江が文箱から視線を外せずにいると、樹がドライブへ行きたいと言いだした。

「宗谷岬までは無理だけれど、海岸線を少し北上してみたいんです」

「今からだと、帰りは暗くなりますけれど」

「沈む直前まで黄金色という夕日を観てみたいんです」

美津江は身支度を整え、レンタカーの助手席に乗り込んだ。

国道は海岸線をなぞって北へと延びている。砂浜の波打ち際や切り立った崖《がけ》、道路は細かな起伏が続いていた。藍色《あいいろ》を増してゆく海岸を眺めていると、遠い町にいるような気分になる。道路脇に真白い発電の風車が四基並び、三枚の羽が海風を受けて回っていた。道はゆるくカーブしている。

「みごとな一本道ですね。運転していても気持ちがいい」

カーブの多いところを抜けると、白線が数キロ先の丘陵までまっすぐだ。美津江は道路脇の青い看板を見上げた。

「もう少し行くと、白い羽だらけの丘があります。風車の群れです」

「群れるものなんですか。生きものみたいだな」

「毎日毎日、この時期になると生きものみたいに回っていますよ」

行ってみればわかると言うと、車の速度が増した。

「ほら、ここです」

声を掛けると、車は前にのめるように停止した。鎖骨がシートベルトに擦れた。車を路肩に寄せるのを待ち、運転席の窓から少し後ろを指さした。振り向いた樹は、無邪気な声をあげて車から飛びだした。

少し高い場所にあるせいで、海鳴りが足下から響いてくる。道路の向こう側に広がる扇状の丘陵地帯に、ゆっくりと回転する白い羽の群れがあった。

稜線《りょうせん》の端にある風車は、マッチ棒ほどの大きさにしか見えない。高さ五十メートルから八十メートルの風車が三十九基、空を支える柱となって風を受けている。よく見ると、みな羽の向きが違った。干渉することなくそれぞれの向かい風を選び取り、信じた方向を見据えている。海風が樹の背に吹きつける。シャツに一対の肩胛骨《けんこうこつ》が浮び上がった。美しい肩胛骨に、洋子の骨を思いだした。四十九日を過ぎたというのに、まだ仏壇に置かれたままになっている。

「すばらしい眺めだ。写真でしか見たことなかったな。写真じゃこの大きさと果てのなさはわかりませんでした」

体が冷えるほど背に風を受けている。日暮れが始まっていた。美津江は丘から海へ向き直り、水平線に沈む太陽を見た。ひととき、自分が今どこにいるのか誰といるのかわからなくなる。沈んでゆく太陽の金色を見ていると目が痛んだ。

結局ドライブは風車の丘で引き返すこととなった。町の明かりが見えるころには、海上のわずかな光の帯もなくなっていた。空は薄墨色に変わっている。ヘッドライトを点《つ》けると、あたりが一気に夜へと加速した。

町に入ってから、どこかで夕食を取ろうと提案したが、樹は首を縦に振らなかった。

「来るときに通りを見て、みんな地元の人ばかりだってことがよくわかったんです。

あなたが余所者《よそ》と夕食なんか食べて、酒なんか飲んでいたら、あとが大変ですよ」

教室の生徒やその親、子供が口々に先日の男は誰だと噂する場面を想像する。二十八年経っても、ひとのかたちは同じだ。

「そうですね。じゃあ、家でお刺身でも」

言いかけて、ついでに好きな酒の銘柄を訊ねようと思ったが、車があることが引っかかった。刺身なら白ワインですね、と言葉が追いかけてくる。

「車は」

「歩いて十分ほどの、ビジネスホテルを取ってます。お茶で刺身もさびしいでしょう」

美津江は、三手先が見えている人間の、そつのなさに慣れていない。スーパーまでの道を案内していても、寺田樹がどうしてここにいるのかわからなくなる。

駐車場に車を停めてもらい、鮮魚コーナーで地元で捕れた白身とタコ、戸井の鮪《まぐろ》と活《い》きの良さそうな烏賊《いか》を買い求める。白ワインはどれがいいのか聞いておくべきだったと思いながら「白　辛口」の表示を頼りに、とりあえず店でいちばん高いものを買い求めた。

そうしているあいだにも、誰かに見られているのではないかと動きがちいさくなった。レジに打ち出された金額は、外で食べる際のひとりぶんにも満たなかった。

樹は美津江の軽四輪の横に、車を停めた。中から明かりの漏れてこない家は廃屋のようだ。いつか自分もいなくなったあと、海風に朽ちてゆくところまで想像できてしまう。街灯ひとつに浮かび上がる生家の外観は、ここで暮らす美津江と同じくひっそりと呼吸も浅い。

茶の間の蛍光灯から下がる紐《ひも》を引っ張るものの、明かりはおおかた暗い木目の壁に吸収された。仏間の明かりを点けても、そう変わらないだろう。ひとりでいるときは気にならなかったことだ。

「教室は、毎日開いているんですか」

「いいえ、そんなに生徒さんはいないんです。火曜日と木曜日の二日間、そのほかは数件出稽古《でげいこ》があります。市民講座は月に二回。のんきな仕事です」

「それだけあれば、おつきあいも大変でしょう」

中央書壇の寵児《ちょうじ》が放つ言葉とも思えないと、美津江は感じたままを口にする。

「どんなところでも、集団のなかの一角というのはそんなに変わらないと思うだけです。筆を持つ人間が集まれば、だいたいが顔見知りなんです。何百人いても、何千人いても、ちいさい町と別段変わったところはないんだ。体質の変わらない町内会みたいなものですよ」

樹と話していると、なんということのない話題でも必ず深くうなずく場面があった。

百年に一度の偉才という見出しの特集記事を組まれるほどの人物とふたりで、切った刺身を皿に盛りつけている。美津江はさほど緊張もしていない自分に驚いた。

年中使っている和式テーブルも、今日は上になにものせていない。いつもならばテレビのリモコンや新聞、雑誌やティッシュの箱を左右に寄せながらひとりで食事をしている。今までもこれからもひとりで、同じ毎日が続くことになんの不安も疑問も持たずにいた。家が暗いと思い始めたのは洋子が骨になって戻ったころからだった。美津江はテーブルに刺身皿と醤油《しょうゆ》皿を向かい合わせに並べた。台所の洗い桶《おけ》に氷を入れて冷やしておいたワインを渡す。

樹がコルクを抜き、切り子細工のグラスに注いだ。

「ごめんなさい、父も母も下戸だったから、気の利いたグラスがなくて」

「美津江さんは、飲まないんですか」

「家に戻ってからは、ほとんど」

樹がからりと笑いながら「僕はザルです」と言うので、思わず笑った。家からでていた時期もあるのかと問われた。美津江は刺身が思ったよりもおいしかったのと、ふたくち飲んだワインのせいにして答える。

「高校を卒業してから、二年くらい札幌にでてみたんです」

それは就職ではなくただの放浪だった。

「夜のお仕事をしてました。そのころは毎日仕事でお酒を飲んでいたので、体質的に駄目ということはないと思うんです」

「なんだ、僕と同じだ」

なにを言われているのかわからない。樹は真面目な顔でもう一度「僕もなんです」と言った。水商売をしたことがある、という意味だった。

「戦後の復興期に建てられた広くて寒い日本家屋に、家族も他人もごちゃごちゃと住んでいたんです。子供のころはそれがあたりまえだと思っていたんですけど。朝から晩まで必ずどこかに揉《も》めごとがあるんです。子供心にも、裏側に汚いものを抱えて涼しい顔をして暮らしている人間が嫌でね。大学へ進んで少しばかり外の世界が見えてきて、留学してみたら、なんだか体が軽くなったような気がしましてね」

樹は留学先の北京から戻ってもそのまま家に帰る気になれず、新宿の町でぶらぶら過ごしていたという。

「放浪というよりは、放蕩《ほうとう》でした」

金が底をついてたまに家に戻ると、離れに新しい「お裏様」が住み始めたと聞く。寺田家の、表には決してでてこない部分だ。確かに、どこの家にもひっそりとした陰の部分がある。この家では洋子の存在と美津江が家に戻るまでの二年間だ。両親にとっては、ふたりの娘が不在の二年間でもある。

「僕が放蕩生活をやめて家に戻っても、誰もなにも変わっていなかった。母はあいかわらずのんきにお茶を点《た》てていたし、洋子さんも離れで静かに暮らしていた。父がふらふら夜中に離れへ行くことも、本当になにも変わっていなかったんです。あの家で、僕だけがひとりでから回って荒《すさ》んでた」

樹が、ワインを注ごうとした美津江の手を優しく避ける。仕方なく底の残りを飲み、グラスをテーブルに置いた。ワインを注ぎ入れ、樹の話は続く。

父親の州黄が倒れたのは、樹の雅号がそろそろ書壇で認められ始めたころのことだった。明け方、離れから戻ろうと外にでたところだったという。歩行の困難と言語の喪失。父親が重度の障害を残して病院から戻ってきたとき、母親は洋子に頭を下げて夫の世話を頼んだ。洋子も同じように手をついて頭を下げ、それを承知した。

「ふたりとも頭がどうかしていると思いました。ばかばかしいパフォーマンスにつき合いきれなくて部屋をでました。みんな間抜けだと思ったけれど、口を開けたまま布団に寝かされている父はもっと間抜けでしたよ」

美津江の全身を包む震えは、酔いのせいではない。洋子が寝たきりになった寺田州黄の世話をしていた時期、自分も同じく父の世話をしていた。戻る家を持たない姉と、家に戻るしかなかった妹のひとときは、北の町と東京で奇《く》しくも重なり合っていた。

刺身とワインが半分になるまで、沈黙が続いた。樹は箸《はし》を持つ手にも品の良さが漂っている。美津江は彼の頬や眉間《みけん》に漂う気配に、洋子との関係を思った。知らず、笑みが漏れる。寺田樹は、遺骨を届けた場所に洋子のまぼろしを見ているのかもしれない。洋子と自分の歩んできた二十八年は、それぞれが家をでるところから、一定の距離を保ち平行線を辿《たど》っていた。

献身的に州黄の世話を続けた洋子の、贖罪《しょくざい》とはなんだったろう。樹の視線がいちど仏壇の方へ泳ぎ、美津江に戻った。

「一度だけ彼女と」

あとの言葉は聞こえなかった。声が震えていた。これは洋子に聞かせているのだろう。違うか。美津江の胸奥に、白波が立つ。

父親の様子を見に離れを訪れた際、樹はもうほとんどの時間を夢の中で過ごしている父を見た。その父の下の世話をしている洋子の顔は、どこか晴れ晴れとしていた。息子としてより、洋子に思いを寄せている自分に腹がたったという。

次の間で、無理やり洋子を抱いているあいだも、肩幅ぶん開いたふすまの向こうに父親がいた。抵抗しない洋子に苛立《いらだ》ち、動けない父に怒りを覚えた。

「謝ることもできなかったし、優しくもできなかった」

笑っているのか泣いているのかわからない表情で樹が言った。洋子はどちらも望んでいなかったのではないか。仏間の奥でひっそりとふたりのやりとりを聞いている洋子の気配を感じていた。

「僕らのことは、それきりです」

美津江は立ち上がり、ストーブの火力をひと目盛り上げた。家の梁《はり》、柱や壁や窓の隙間という隙間から、晩秋の冷たい風が入り込んでくる。

「寒くありませんか」

樹は浅くうなずいた。彼が美津江を「洋子に似ている」と言った時点で、もう結末など見えている。身代わりなどというわかりやすい言葉では括《くく》れない。樹自身もわからないのだ。美津江が心の舳先《へさき》を決められないように。願わくば、と思った。

願わくば、胸に溜《た》まる思いが洋子を慕う男へと向かいませんように。

ただのさびしさから、恋などしませんように――。

テーブルに戻ると、樹のまっすぐな瞳《ひとみ》があった。瞳が唐突な問いを放った。

「オロロン鳥って、このあたりにいるんでしょうか」

「オロロン鳥、ですか」

「洋子さんが、父の葬儀が終わったころに話してくれました。白と黒の、モノトーンだと聞きました」

「天《て》売《うり》島で繁殖して、たしか冬場はもう少し南で過ごすらしいです。いっときは絶滅と言われたりしていましたけれど。もっと北の、ロシアの島にはまだたくさんいると、テレビで見たことがあります」

「洋子さんは、一度見たことがあると言っていました。紙を前に深呼吸すると、目の前にその鳥がぱっと舞い降りるんだそうです。鳥を追いかけるみたいに羽を広げて風に乗って、いつも崖《がけ》から飛び降りるような気持ちでひと筆目にはいるそうです」

美津江は遠い記憶をたぐり、洋子が友達と連れだって天売島のペンションに行った夏のことを思いだした。まだ担任教師とのことがひとの口にのぼる前のことだ。もしかしたら、あの旅行は教師とふたりで行ったのかもしれない。洋子が町をでたあと、彼もいなくなった。転勤と聞いたけれど、本当のところはどうだったのか。すべては憶測の範囲でしかなかった。

煙突から吹き込む風が、ストーブの炎を立ち上がらせた。美津江はぽつぽつと、洋子のいない二十八年間を振り返る。言葉になるものは言葉にし、ならぬところは黙る。

「寺田家に入るまでの姉がなにをしていたのか、家族は誰も知りません。樹さんもご存じないとなれば、きっと誰にも言っていなかったのだろうと思います。両親は、姉に対して自分たちがした失敗を、妹で繰り返さぬようずいぶん大変な思いをしたんじゃないでしょうか。お互いがお互いを、もういない者として過ごしてきた時間だけれど、なぜかふたりとも、似たような日々を送っていたような気がするんです」

美津江は姉を真似て家をでていた二年のあいだ、自分に訪れたのは堕《お》ちてゆく生活だったことを告げた。樹の表情は変わらない。過去が潮風にさらされてどんどん白くなってゆく。

「いちばんわたしの背中を押してくれたのは、姉の残した言葉だったんです」

樹の眼差《まなざ》しが光を集める。美津江はひとつひとつの言葉を区切り、それを告げた。

「ひとは、逃げてもいいんだって、家をでる前の日に言ってました。誰になにを言われても構わないと思ったら、怖いことなんかなくなる。ひとは逃げてもいいんだって、姉は言ったんです。どこへ行くのか訊《たず》ねても、答えてはくれませんでした。逃げてみたんです、わたしも。だけど、戻ってしまった。だから隠さなくてはならないことが増えたんです」

隠さなくてはいけない過去にしてしまったのは、誰でもなく美津江自身なのだろう。洋子は骨になって戻ることで、妹にそのことを告げた。

「隠さなくてはならないことって、ススキノで働いていたことですか」

「体も売ったし、男にも騙《だま》されたし、裸で踊っていたこともあります。夜の街では日常だったことも、ここに戻ってからは墓場まで持って行かなくちゃいけない事実になりました。それが、ここに限らず生まれた場所へ戻るということの現実なんです。死なないと戻ることができないこと、誰よりも姉がいちばん良く知っていたような気がします。私の記憶のなかで、色の付いているものはその二年間だけです。あとはみんな白黒なんです」

ほんのわずかな間をあけて、樹が怒ったように言った。

「後悔でも傷でも、いいんです。色鮮やかな記憶がないと、自分が死んだことにも気づかない一生になってしまう」

樹は立ち上がり仏間に入ると、文箱を手に戻ってきた。海から吹き上がる風が西側の窓を叩《たた》いた。床に置いた文箱を開け、美津江の前に差しだす。

「見てください。寺田州黄の一番弟子と言われたひとが遺《のこ》したものです」

裏打ちこそ施してあるものの、額装や軸にしたものはなかった。十枚ほどの中作品がひとまとめに折りたたまれていた。

開いてみれば、洋子の本来の性分なのだろうたおやかで力強い線が描かれている。美津江はすぐに、自分が書いたものなど足下にも及ばないことに気づいた。

半分も開かぬうちに、それ以上見るのはやめにした。ひとつ息を吐く。あとは緋毛《ひもう》氈《せん》にくるまれた端渓の硯《すずり》。丁寧に洗ってある筆が三本。どれも、よく出回っている道具だった。書道家の一番弟子の持ち物にしては、あまりに質素ではないか。姉への思いが次第に色づき始める。これは嫉妬《しっと》だ。

美津江はこの程度の道具で自分には真似ができない線を生む洋子に嫉妬していた。こんなものを見せられるくらいならば――。

父の洋子に対する執着を思いだした。父の育て方は確かに間違っていたかもしれないが、その目に狂いはなかった。美津江は自分の心のどこにこんな嫉妬心が隠れていたのかうろたえながら、文箱《ふばこ》に蓋《ふた》をした。

すみません——。

あとはなにひとつ言葉にすることができなかった。樹は残っていたワインを飲み、大きなため息を吐いた。まだ洋子を忘れることのできない男がいる。男を動かしているのは、骨になってもまだ心にまとわりつく洋子の情念だ。

「洋子さんに対する妬《ねた》みや嫉《そね》みは、ひどかったと思います。ひとの口に戸は立てられないというのは本当です。展覧会への出品を避けていたのも、きっとそのせいだと思うんです。ご覧になって、気づかれたはずです。彼女の作品が世に出たら、足場の悪くなる人間がごまんといる。それをいちばん良く知っていたのは彼女だった。今は彼女が筆の世界へ躍り出ないことを願っていたのは、誰より僕だったような気がします」

洋子が周囲の人間との軋轢《あつれき》を口にだすことは一度もなかったという。

夏の終わり、樹は洋子の病室を訪ねた。

「本人も、もう生きて寺田の離れに戻ることはないとわかっていたんです。実家の住所と電話番号を書いた紙と、この文箱を託されました。酷な質問とわかっていて、訊ねたんです。親父の妾《めかけ》になどなって、あなたはそれで良かったのかって」

「姉は、なんて」

「寺田州黄がいなくては、こんな幸せな最期を迎えることができなかった。僕にも母にも感謝している。そう言っていました」

洋子は、長い時間をかけて逃げおおせたのだった。生まれた場所から逃げ、他人の思惑から逃げ、感情を操りながら自分からも逃げ、もう誰も追いつけない場所へ行ってしまった。

寺田樹を二度もここへ足を運ばせる洋子の情念は、肉体を失ってもなお色鮮やかだ。たった十二年しか一緒に暮らせなかった。記憶に残っているのは、恋を得た彼女のみずみずしさと、家族が壊れてゆくときの不穏な足音だ。

樹がホテルまで歩いて帰ると言って立ち上がった。酔っていないかと問うと、このくらいでは酔わない体質だと笑う。玄関の戸口まで、見送りにでる。

「車は、明日の朝に取りにきます」

歩き出して数歩のうちに、立ち止まる。美津江を振り返り、言った。

「また、来てもいいですか」

「もちろん」と応《こた》える。もちろん――。

言いながら美津江は自分に言い聞かせる。これは洋子の企《たくら》み、今も逃げ迷っている妹へ遺した最後の謎かけではないか。易々と洋子の術中にはまってゆく予感を振り払う。樹が街灯の明かりの届かないところまで歩いてゆくのを確かめて、玄関の鍵《かぎ》を閉めた。雪が降ったのは、樹が東京へ戻って一週間後のことだった。

長い冬をひとりで過ごした。除雪も食事もなにもかもひとりだ。迷っているうちに雪の季節になり、結局洋子の遺骨は春まで仏間に置かれていた。

桜が咲き始めたころ、両親が眠る墓へ遺骨を移した。雪深い年明けに一度、樹から電話があって、その際に決めたことだった。樹は春の展覧会が終わったら、また訪ねたいと言った。いつでもどうぞと応える。東京へくることはないのかと問われ、ないと答えた。

五月の連休を境に、海辺の町に再び観光客が流れ込んできた。美津江は教室と茶の間の敷物をはり替えることに決めた。家の中を明るくしたいと思ったのと、なにより季節の移り変わりを実感する出来事がほしかった。自分が動かねばなにも手に入らない。ひとりとは、そういうことだ。

敷物は薄くなりくたびれ果てていた。思い切って壁紙も自分の手で貼り替えることにした。想像したよりも手間取ったのが、教室の敷物だった。何枚も重なり、剝《は》がしても剝がしても次々と現れる。丸めるのもたたむのも女ひとりの手では難儀だった。

絨毯《じゅうたん》や花ござ、教室には六枚もの敷物が重なっていた。どれもこれも、見覚えがある。父も母も一枚二枚と重ねているうちに面倒になったものか、それとも重ねればいくらか寒さの対策になると思ったものか。

　これが最後の一枚だろうと薄いビニールに花模様の敷物を持ち上げた。ようやく板の間に到達した。埃《ほこり》を立てないよう静かに丸めてたたみ込んでゆく。四分の一までたたんだところで、床板に半紙が貼りついているのを見つけた。初めて筆を持つ子供が書く「一」や「｜」、たどたどしい「いろは」の四十八文字。いずれも朱の丸がつけられている。この丸欲しさに墨を磨《す》り、筆を持っていた少女の姿が浮かんだ。

　手にした半紙の色に似た風景が胸の奥からせり上がってくる。手習い始めは美津江のもので、いろはの文字は洋子が書いたものだ。父と母が教室の敷物を替えているあいだ、自分たちは戸口から両親の背を見ていた。幼い姉妹の手には、父が書いた課題が握られていたはずだ。遠い遠い、家族の一日。

　美津江は板の間を二時間かけて木目の見えるまで磨き上げ、新しい絨毯を端から転がしながら広げた。教室の中央まで転がしたところで、先ほど見つけた半紙を挟み込んだ。家中どこを見回してみても、そこしか置き場所がなかった。

　仏間の壁紙はクリーム色を選んだ。結露のせいで斑《まだら》になった染みを覆い、硬質スポンジで空気を追い出しながら貼り進んでゆく。二日で作業を終える予定だったが、床と壁でまる三日を使った。

陽が落ちて水平線が墨の色に変わるころ、美津江は海岸へ降りてみた。

洋子と樹、自分。それぞれの思いが海に浮かぶ月の皿にのって揺れていた。岬の方へと視線を移す。ところどころに白く波が立っている。岩場で洋子の遺骨に波の音を聴かせていた樹の姿を思いだしている。

月が浮かぶ海に、目を凝らした。微《かす》かな風を探して回る白い羽の一枚になったような気がした。

空と海の境界線を隠して水平線が横たわっていた。月明かりに消されて、明るい星しか見えない。ちいさな波が浜辺に寄せては返す。返ろうとする波を、新しい波がのみ込む。

樹が洋子の面影に会いにくるたびに、この心は波間で揺れるのかもしれない。夏が近づく海の風に吹かれながら、それもいいじゃないかとつぶやいた。

美津江は洋子とのあいだにある少ない記憶をひとつひとつ波間に並べた。空白を埋めてゆくのは樹の言葉だった。海風を吸い込む。通り過ぎた時間が波間で跳ねる。

美津江の背後で、風を得た白い羽がゆっくりと回っている。

絹日和

傾きかけた五月の太陽が向かいのビルを照らしていた。奈々子《ななこ》は駅前広場を見下ろすティールームに足を踏み入れ、店内を見回した。ほぼすべての席が埋まっている。買い物途中の母娘、年配の女性グループ、文庫本を広げる女たちが籐《とう》の椅子に腰掛け、席ごとにひとつずつカプセルのような空間を作っていた。窓辺の席で駅前に立ち並ぶビル群を背にして、嵯峨《さが》珠希《たまき》が手を振っているのが見えた。

「札幌はいつ来ても人でいっぱいねぇ」

珠希は短髪をプラチナ色に光らせ、灰色に細く朱色の縦縞《たてじま》が入った和服をきっちりと着こなしている。髪の色とアンバランスな色つやのいい頬からは、七十二歳という年齢を言い当てることは難しい。右の薬指に光る大ぶりの猫目石が、ティーカップを持ち上げるたびに奈々子を睨《にら》んでいた。

珠希の髪は、奈々子が十年前に彼女の着付け教室の助手だったころと少しも変わっていない。

教室も最近は生徒が減ったというが、まだまだ辞めるつもりはないらしい。

奈々子が釧路を去り、珠希の元をはなれてから五年が経とうとしていた。

珠希が連絡を寄こしたのは十日前のこと。

「引っ越しを報《しら》された時は残念でした。ここ五年はすっかりお年賀だけのお付き合いになっちゃって、寂しかったですよ。実は十日ばかり後なんだけれど、ちょっと札幌に用事があるの。お時間、つくってくださるわよね」

こちらの都合など最初から考えてもいなさそうな気配が妙に懐かしく思われ、奈々子は笑いながら「お待ちしています」と応《こた》えた。

三十代の後半から女手ひとつで息子を育てながら着付け一本でやってきた珠希は、その腕もさることながら街の話題に事欠かない人物でもあった。人口二十万の地方都市で女がひとり長くひとつの仕事をしてゆくためには、人の噂と闘わねばならない。珠希の場合人の波をかき分けてというよりは、波を跳ね返しながら前に進んできたというのがぴったりだ。

「私が違うと言ったら違うの。和服ってのは紐《ひも》三本でしっかり着られるものなの。生徒におかしな器具や仕上がり帯を買わせて、着物を着たつもりになるようなお教室と一緒にはしないでちょうだい」

石のような頑固さが敵を作り、あくの強さは根強い支持者を生んだ。道東の和服業界で彼女の名を知らぬ者はいない。奈々子は珠希の言葉や性質を、周囲が言うほど面倒には思わない者のひとりだった。

奈々子はまだ雇われ美容師だった二十五の年から十年間、珠希の元で修業をした。基礎はあったがそれだけでは生業《なりわい》として看板をあげることはできない。最初は週に一度の着付け教室から始まり、師範の免状をもらってからは珠希の助手をするようになった。炭鉱マンだった夫と見合い結婚をし、三十五の年まで和装の現場ならば冠婚葬祭どこへでも出張し、彼女の右腕となって働いた。奈々子が釧路の街を去ったのは、まさにこれから腕を伸ばそうというときだった。

太平洋炭礦《たんこう》が事実上閉山になり、多くの炭鉱マンが職を失った。奈々子の夫もその中の一人だった。失業者であふれかえる街に、四十を迎える男の職場が見つかることはなく、たとえあっても今までのような賃金を望むのは難しかった。職と生活の折り合いがつかない街を捨てて札幌に出るという夫の決断に、奈々子は頷《うなず》いた。閉山が決まってから荒れ始めた夫との生活をやり直すには、自分が釧路での仕事を断念するしかないように思えた。

「ご主人はこちらにきてからお仕事の方は上手《うま》くいってるの」

「ぼちぼち。何とかやっています」

「美容師のお仕事は続けてるの」

「パートですけど」

近所にできたクイックカットの店で時給八百円で糊口《ここう》をしのいでいるとは言えない。

嘘をつくつもりはなかったが、珠希にすべてを話す気にはなれなかった。

夫の孝弘《たかひろ》は食品会社の運転手から始まり、運送会社、タクシー乗務員、結局どれも長続きせず今は日雇いのアルバイトをしている。生活がさほど裕福でないことは、安物のワンピースにカーディガンという姿でわかるだろう。着るもので珠希の目をごまかすことなど無理だ。

「こっちでは着付けの仕事、あるの」

珠希の語尾が持ち上がる。首を横に振った。長く勤められるぶん、新旧交代の少ない世界でもある。ホテルやブライダル関係の会社は専属の着付師を養成している。なんのつてもない四十の奈々子が入りこむ余地などどこにもありはしない。ふぅん、と珠希は頷き、紅茶をひとくちすすった。

「実はね、お願いがあるの」

珠希の口角が持ち上がった。珠希のお願いは聞けば必ず聞き入れねばならない。弟子として道東を飛び回っていた頃からそれは変わらない。奈々子は躊躇《ちゅうちょ》しながらも姿勢を正し、珠希の眼差《まなざ》しを窺《うかが》った。

「なんでしょうか」

朱色の唇がもちあがり、にんまりとした目元に年相応の皺《しわ》が刻まれた。

「一か月と少し先のことなんだけれどね」

珠希のお願いとは、一人息子の結婚式で奈々子に新婦の着付けを頼めないか、ということだった。

「四十になってようやく身を固める決心をしたようなの。昨日と今日一泊で慌ただしくこっちに来たのも、会場やらなにやらこまごまとした打ち合わせをするためでね」

どうして釧路で挙式しないのかと訊《たず》ねる母親に彼女の息子は、相手の親戚《しんせき》が道央に集中しているからだと言った。

今しがた珠希の口から「息子」という言葉が漏れたときからずっと、予感していたことだった。奈々子と嵯峨信《のぶ》樹《き》が中学校の三年間同じクラスだったことを、母親の珠希に言ったことはなかった。珠希に学校行事への参加やPTA活動をする暇がなかったことも幸いしていた。

中学校の卒業式、地元の進学校に進んだ信樹に思いを伝えた。奈々子は就職に有利な商業科のある高校へ進んだ。淡い恋は実り、手紙と電話がしばらく続いた。しかしそれも初雪が降る前に、はたりと途絶えた。連絡を止めたのは奈々子だった。夏休み、最初で最後の交わり、妊娠。

苦い唾液《だえき》が奥歯の向こうからじわじわとしみ出てくる。

「そりゃあ私はこのとおり独り者だし、親戚だってさほどないけどね。それにしたって、付き合いだけは普通の親御さんより何倍もあるって言いましたよ」

取り合わない息子との悶着《もんちゃく》を避けようと先に腹を括《くく》ったのは珠希だった。

「大学に入った年からずっと札幌だものね。こっちで暮らした年数の方が長いんだから仕方ないと思うことにしたの」

おめでとうございます、という言葉を差し挟む隙も与えない。珠希は一方的にそこまで言うと、美しく切りそろえた爪をテーブルの端に乗せてかくりと頭を下げた。

「せめて、お嫁さんは私の好きなように作りたいの。でも、私が直接作るのは向こうの親御さんがいい顔をしないって息子が言うの」

それで——、と珠希は両手を鼻先で合わせ頼むという仕草をした。

確かに、奈々子ならば珠希が思うような着付けができた。白無垢《しろむく》にしろ打ち掛けにしろ、珠希ほどではないものの、満足してもらえるものになるだろう。

しかしそれも毎日着付けの現場にいれば、の話だ。奈々子は札幌にきてからの五年、ただの一度もブライダルを手がけたことはなかった。ましてや信樹が娶《めと》る女の着付けなど、と思う。今の自分はそんなアクシデントに打ち勝てるほど幸福ではない。

断らなくちゃ——。

頷くことをためらっている奈々子に、珠希が更に追い打ちを掛ける。

「昨日、会場のホテルで衣装だけは揃えたんだけど、着付師についてはこちらで用意しますって言ってきちゃったの」

衣装だけを貸してくれという客が喜ばれるとも思えない。ブライダルの担当者もそうですかと納得した顔は見せたろうが、内心は決して穏やかではないだろう。ここで、着付けの都合がつかないのでやっぱりお願いしますと言えない珠希の気性も知っている。

「奈々子さんだけが頼りなの――」

珠希の背後に夕日を浴びたビルがそびえていた。歯科医院、書道塾、撤退を決めた大手百貨店の看板を眺めながら、奈々子は唇に力を入れる。自信がないと言えば済むことだ。ぬるくなったカフェラテを飲み干す。

奈々子は真っ直ぐに師匠の目を見た。

「わかりました」

十五のときの記憶など、ないも同然だろうと腹を括る。顔を覚えていなくても仕方ない。その方がずっとありがたい。奈々子は、師匠に頭を下げ続けさせることよりも古傷をのみこむことを選んだ。

挙式を一週間後にひかえた六月半ばの土曜日。新郎新婦と大まかな打ち合わせをすることになった。場所は挙式を行うNホテルのラウンジで、すべて釧路にいる珠希の采配《さいはい》だ。

夫の孝弘はここ二日帰宅していなかった。顔を合わせても満足な会話もないまま一年が過ぎようとしている。漫画喫茶に入り浸り、日がな漫画を読みふける男とどんな話をしていいのかもわからなかった。いっそ女のひとりもいてくれた方が気持ちの整理がつくのかもしれない。

十二時に、ラウンジで食事をしながらの打ち合わせだった。奈々子は約束の時間の十分前には和食ダイニングの席に着いていた。仕事用の黒のパンツスーツはウエストのあたりが少しゆるくなっている。白いシャツも今朝になってから慌ててアイロンを掛けた。化粧は目を中心にして、十五、六歳の面影がなくなるまで濃く仕上げた。何もかもが付け焼き刃だ。

このひと月ずっと、人形《スタン》を使いながら夜中まで練習をしてきた。人形相手の練習で完全に勘が戻ったとは思えないが、手順やスピードについてはこのくらいであれば何とかなるだろうというところまでになった。あとは、新婦の体型を見てどの程度の補整を加えるかを考慮しながら練習すれば良い。

浮き足立ちそうになる気持ちには、自尊心の蓋《ふた》をする。曲がりなりにも職人のはしくれじゃないか。ずれそうになる蓋をいさめながら、頭の中で何度も仕事の手順を繰り返し追い続けた。

Nホテルの最上階から見る札幌駅前通りは真っ直ぐに伸び、その先に立ちはだかる山々を突き抜けて行きそうだ。鬱蒼《うっそう》と茂る緑に人工的なものが包まれている。

お連れ様がお見えです――。

はじかれたように立ち上がる。一歩ずつ近づいてくる女連れ。嵯峨信樹が頭ひとつも背丈の違う、娘のような女の子を連れてやってきた。スラックスにシャツとブレザーという姿の信樹に会うのは初めてだった。お互いに四十になっての再会だ。貫禄《かんろく》がつきすぎの腹と薄くなった頭頂部を目にすれば、苦い記憶も遠い過去のものになる。くるくると巻いた茶色い髪を揺らし、光沢のあるクリーム色のワンピース姿の女の子が信樹の横で頭を下げた。目の周りを縁取る黒々としたアイラインやワンピースから伸びた細い脚に圧倒されながら、奈々子も頭を下げる。

席に着いた信樹に名刺を渡した。信樹はこういうものを持たない仕事なので、と言い訳しながら慣れぬ仕草で財布から名刺をだした。道庁に勤めているのだと彼は言った。手作りらしき名刺の隅に、小さなクマのイラストが入っていた。私が作ったんです、と新婦がほほえんだ。

信樹の視線は名刺と奈々子の顔を数回往復した。そしてはたりと視線を名刺に落とした。

「新婦様のお名前をお伺いしてもよろしゅうございますか」

きらきらと光るグロスを塗った唇が、紅美《くみ》です、と応《こた》えた。

「どんな字を書かれるんですか」

「紅に美しいって書きます」

背筋がこそばゆくなるほどべたべたとした口調だ。鼻の下を伸ばして若い女の隣に座っている信樹を見ていると、吹きだしてしまいそうだ。奈々子の営業スマイルは完全に復活し、うっすらとした余裕も生まれつつあった。この場を上手《うま》くとりまとめられそうな予感に安堵《あんど》してもいる。

「失礼ですけど、安藤さんは釧路のお生まれですか」

「こちらにきて五年になります。嵯峨先生のところでは十年勉強させていただきました」

信樹はふぅん、と頷《うなず》いた。もう何も訊《き》いてくれるな、と祈りながら花嫁の身長と体重を訊《たず》ねた。

「だいたいでよろしいんです。着付けの参考までに」

「身長は百五十二センチ、体重はノブちゃんの半分の四十キロです」

語尾を伸ばしながら答える黒縁の目は真っ直ぐこちらを見ている。奈々子は営業スマイルを続けて次の質問をした。

「当日のことで不安なことやご要望などがございましたら、なんなりと仰有《おっしゃ》ってくださいね。新郎様と違って、新婦様はお色直しも多いですし緊張もされますから」

紅美は笑いながらラメを利かせた唇を開いた。

「まぁお義母《かあ》さんの言うこと聞いていればなにも心配ないそうだし」

信樹が真顔でちらりと若い妻をいさめる。紅美はそんな夫に気づかぬ風で笑ってい
る。

「だいたい、衣装も私の好きなものは一切選べなかったの。釧路で結婚式をしたら大変なことになるからってノブちゃん言ったけど、こっちでやってもあんまり変わらないみたい」

「どんな衣装をご希望されていたんですか」

「デザイナーズドレスを着て教会で挙げたかったんだけど、挙式は神前って言ってきかないの。これだけは譲れないんですって。うちのママもびっくりしてた」

珠希に関する彼女の不満は、豪華な松花堂弁当が運ばれてきてからも続いた。まずは美味《おい》しいものをいただきながらと促すと、紅美は箸《はし》をクロスさせながらだし巻き卵を信樹の器に移した。信樹はというと、紅美が珠希について不満を語るのを黙って聞いている。紅美の話によれば、彼女の両親も信樹と同い年で大学の同期ということだった。

「うちのパパとママは学生結婚だったのね。私はふたりが二十歳のときに生まれたんです。で、私がちっちゃい頃からずっとノブちゃんが家に遊びにきてたの。おむつを取り替えてくれたこともあったんだって。信じられない」

紅美は屈託のない表情でよく笑った。

次々と明らかになる嵯峨信樹の来し方は想像していたよりもずっと無色に近く、紅美という存在のお陰で透明でさえあった。女におくてで大学時代に彼女もいなかったという嵯峨信樹を、奈々子は知らない。記憶にあるのは勉強もスポーツも万能で、物怖《お》《もの》じせずにクラスをまとめる精悍《せいかん》な横顔と、女の体に触れるときの震える指先くらいだ。

遠い場所から行きつ戻りつしながら揺れ続ける記憶が、甘みを伴いながら脳裏に広がった。目の前でイカの和《あ》え物をつつく嵯峨信樹は、この女の夫であり、それ以上でも以下でもなかった。

ごま和えを口に運びながら信樹が訊《たず》ねた。

「安藤さんって、中学はどこですか」

迷うより先に別の校名を口にしていた。

「あぁ、そうか。それなら違うな」

「何かございましたか」

「いや、下の名前が同じ同級生がいたんです。年も同じくらいだと伺ってるし、もしやと思って」

大根下ろしを載せただし巻き卵を口に運んだ。紅美に、なぜ嫌いなのか訊ねてみる。和食は好みではないらしく、ひと品ずつ少し齧《かじ》っては次々と信樹の器に移されていた。

「卵焼きは甘くなくちゃ。私、ママの作った卵焼きが世界で一番美味しいと思ってるんです」

信樹の目尻《めじり》がだらりと下がる。奈々子はそんなふたりに均等に視線をあて、にっこりと微笑む。紅美の言う世界がどれほど広いのか、そんなことはどうでもいいことだ。世界がふたりの半径三メートルで終結していても、信樹の幸福はその内側にある。

デザートが運ばれてきた。柚《ゆず》のシャーベットに大きな丹波《たんば》の黒豆が載っている。紅美はスプーンで黒豆を掬《すく》い、信樹の器に移した。

「新婦様は華奢《きゃしゃ》でいらっしゃいますから、当日は下着とお着物のあいだに補整用の詰め物をしなくてはならないと思います。なるべく苦しくないよう着付けさせていただきます。お義母さま直伝の技術を信頼してくださいね」

「お義母さんも着付けをするんですか」

紅美の表情が翳《かげ》った。シャーベットを口に運ぼうとする手が止まっている。

「いいえ、当日は私が担当させていただきます。技術的なことはすべて嵯峨先生から教わったことですので、着心地にはきっとご満足いただけると、そういう意味です」

紅美はホッとした表情で溶けかかったシャーベットを口に運んだ。そして、ヘアメイクも奈々子がやってくれるのかと訊ねた。

「もちろんです。当日新婦様に触れるのは私のみです。ヘアスタイルでなにかご希望はございますか」

「私、ズラって嫌なんだけど」

唇を突き出し、アイラインで縁取った目がつまらなそうに澱《よど》んでいる。

茶色いが、髪は胸のあたりまである。ちょっと失礼と言って席を立ち、奈々子は紅美の髪の状態を見た。ヘアダイを繰り返しており多少きしんでいるものの、量は充分にある。やってやれないことはなさそうだ。

「お色を黒く戻していただければ、私が打ち掛けに合うようセットいたします」

茶髪に打ち掛け姿など、珠希が見たら卒倒してしまう。

「ただ、あくまでも黒い髪で、ということでお願い致します。お式までに染めていただくことはできますか」

「黒い髪って見るからに重くて大嫌いなんだけど、お式の時だけなら我慢します。ちゃんと染めておきます」

帰りがけ、支払いをしている信樹から数メートル離れた場所で、紅美が奈々子の耳元に口を寄せて言った。

「実は私、お腹に赤ちゃんがいるんです。まだお義母さんには言ってないんですけど。だから当日はあんまりお腹を締めないでくださいね」

奈々子は深く頷き、腰を折った。

「おめでとうございます」

式の前日までの一週間、紅美の背恰好《かっこう》を思い描きながら、人形《スタン》相手に補整の加減を叩《たた》き込んだ。その間、孝弘がアパートに戻ったのは三度。単発のアルバイトをして得た金で、漫画喫茶に入り浸る日々が続いているようだ。

クイックカットのパートは、今日の帰りがけに辞める旨を伝えてきた。客の入りから見ても、奈々子ひとりが抜けたところでそう大きな穴になるとも思えなかった。上はおそらく人員整理を視野に入れている。卒業入学シーズンを終えてからは客足も鈍くなっていた。

「突然で申しわけないんですけど」

「えぇ、安藤さんっていきなりそういうことする人だったわけ」

店長が驚いていたのも最初だけで、数秒後にはパート代の精算は月末でいいかと訊《たず》ねられた。

練習も今夜が最後だ。もの寂しさが胸を満たしている。今は嵯峨信樹との思い出が実際にあったことなのかどうかも疑わしいほど、記憶に靄《もや》がかかっている。胸にあるのはただ、明日の婚礼を無事終えるという使命感だった。お腹にいるという赤ん坊に負担をかけぬよう、紐《ひも》は幅広のものを使う。多少暑苦しくはなるが、帯板をウレタン入りにする。

物言わぬ人形《スタン》と向かい合っていると、孝弘と歩いてきた十年という月日もまた、うっすらとした霧の向こうへと流されていった。

絹物や帯との対話ほどに、夫と真剣に向き合ったことがあったろうか。奈々子は順調だった釧路での仕事を捨てることで夫婦として再生できると信じていた。自分が妥協したという気持が、孝弘に対するいいわけでなかったと言いきれるか――。

ひとつひとつ、珠希から教わったことを両手から出してゆく。襟の抜き具合や帯の高さ、すべて紅美を思い浮かべながらの作業だ。打ち勝たねばならぬほどの自己顕示欲も、予想したような苦い訣別《けつべつ》も、くずおれそうな敗北感も存在しない。奈々子の目の前にあるのは、思い出ではなく仕事だった。

着せては脱がせ結わえては解きを何度か繰り返すうちに、時計は午後九時を回っていた。意識の大部分が明日の挙式へと傾いていた。冷蔵庫にあるもので適当に夕食を済ませ、軽くシャワーを浴びた。昼間の挙式なので、朝は六時半にはアパートを出なくてはならなかった。既に札幌入りしている珠希から、明日の朝七時半にロビーで待っていると連絡が入っている。

「なんだか一人息子の結婚式っていうより、奈々子さんと久々にお仕事できることの方が嬉《うれ》しくて」

「先生、それはないでしょう」

「いえ、本当。お嫁さんと話しているとこっちの調子が狂ってくるのよ。お着物には一切関心がないんですって。嵯峨珠希に向かってしれっとそんなことを言えるんだから驚いちゃう。親御さんはうちの馬鹿息子と同い年ですって。呆《あき》れてものも言えないとはこういうことですよ」

この上、嫁が妊娠していると知ったら珠希は何と言うだろう。心根に湧いた底意地の悪さと向き合うのも厄介だ。

「地毛を結って綿帽子を被《かぶ》るって聞いたけど、あの茶髪で大丈夫なの。おかしなことにならないかしらねぇ」

「ちゃんと黒く染めてくださるようお願いしてありますから」

挙式前夜にやってきた姑《しゅうとめ》はひとりでホテルに入ったらしい。息子夫婦と会う約束は交わしていないようだ。死にものぐるいで働き育てた一人息子の結婚式前日に、ひとりきりホテルで過ごす珠希を思った。

「先生、明日お式が終わったあとなにかご予定は入ってらっしゃいますか」

「あるわけないでしょう。あの人たちは夜の便ですぐ新婚旅行に発《た》つそうよ。ハワイだなんて、景気のいい話。向こうの親御さんも一緒ですって。私も誘われたけれどお断りしたの。疲れに行くようなもんでしょう。それよりは近くの温泉でのんびり過ごしたい」

それならば一緒に夕食でも、と誘うと珠希はすぐに承知した。

ホットカーラー一式と、カット道具、ドライヤーやセットローションをひとまとめにし、準備を終えたのが午後十時半。そろそろ眠らねば明日に差し支える。そう思ったとき玄関の鍵《かぎ》が回る音がした。

「おかえりなさい」

まっすぐ顔を見るのは避けた。孝弘は無言のまま足音をたてて台所に向かい、水を一杯飲んだ。そしてパジャマ姿の奈々子をふり返り、はっきりと言葉を区切って言った。

「さっき、知らない女を抱いてきた」

今まで蓋《ふた》をし続けてきたことがらが、一気に目の前に姿を現した。

「そうですか」

耳に届いた自分の声は、からからに乾ききっていた。どこをどう絞ろうとも涙など一滴も出ない。孝弘はどさりとその場に胡座《あぐら》をかいた。炭鉱で鍛えた夫の肩幅が、このときほど悲しく感じられたことはなかった。

「来いよ、こっちに」

何をするつもりなのか問うと、孝弘の頬にゆがんだ笑みが浮かぶ。

「久し振りだった。びっくりするくらい気持ち良かった。若い女だったよ。朝から晩までずっと漫画読んでるんだ。そんな助平な漫画ばっかり読んでたらおかしな気分にならないかって声かけたら、すぐについてきた。馬鹿女さ。お前と同じだ」

落ちくぼんだ目が下から奈々子を睨《にら》んでいる。ふと、珠希の指で鈍い光を放っていた猫目石を思いだした。孝弘が奈々子を睨みつける理由に心当たりがないわけじゃない。三度目の転職に失敗したときに言われた言葉が今も胸奥に突き刺さっている。

——順調だった手職を捨ててついてきたからって、俺に勝ったつもりになってるんだろう。お前、上手《うま》く行かなくなるたびに仕事辞める俺のこと、馬鹿にしてるんだろう。そうやって黙って俺を観察して、いつか思い切り笑おうと思ってるんだ。鬼の首を取ったみたいにな。お前ってそういうやつだよ——。

そういうやつかもしれない、と思う。孝弘の言うとおり、この五年間自分から波風を立てぬように暮らしてきたことも、冷めた心根の現れだった。着付師という仕事を捨ててついてくるほどの甲斐性《かいしょう》を夫に感じていたわけではない。

ならばなぜそうまでして孝弘についてきたのか。

冷たい心の内側に問うてみる。でてくる答えもまた簡素なものだ。

——そんなことでしか、夫婦としての体裁を保てなかった——。

当てつけるようにして負け続ける孝弘を、奈々子は一度も責めなかった。責めれば余計惨めになるからだった。

喧嘩《けんか》をしない夫婦の実態なんて、こんなものかもしれない。ふと体から力が抜けた。孝弘に対する恐怖もなければ、ついさっき夫に抱かれたという女に対しても特別な感情を持てなかった。

意識はゆるやかに明日の挙式へと傾いてゆく。奈々子はパジャマ姿のまま孝弘の前に正座した。心が折れてしまった夫を真正面から見る。

「笑おうなんて思ってない。孝弘さんの考えすぎ。でも私たち、もっといっぱい喧嘩すれば良かったね。ごめんなさい」

左の頬に熱い痛みが走る。孝弘の右手が宙でふるふると震えているのが見えた。頬が熱を持ち始めた。

腫《は》れるかもしれない――。

朝までこうしているわけにはいかない。奈々子は震える孝弘の手を両手で包んだ。

「ごめんなさい」

孝弘は喉《のど》からけもののようなうなり声をあげ、奈々子の背を床に押しつけた。

一抹の後ろめたさを抱きながら、目を閉じた。孝弘も自分も、もうどこにも戻る場所がない――。

嵯峨信樹が若い嫁を娶《めと》ることも、十五の奈々子が信樹の子を闇に流したことも、みんなみんな過去のことだった。

生きていれば、すべて過去にできる。

死んでしまったら、望むと望まざるとに関係なく過去にされてしまう。

孝弘の欲望には火が点《つ》かなかった。静かな時間が訪れた。狭い居間を見渡してみる。

孝弘の目が天井を睨んでいた。奈々子が起き上がった。パジャマを着直そうとしたその時、夫の両手が頸《くび》を押さえた。

動くことができない。上体を起こした孝弘と目が合った。目を閉じる。

伝わりくるのはどうしようもない悲しみだ。引きずられたら、再び同じことの繰り返しになる。奈々子は孝弘の体温を確かめながら、必死で言葉を選んだ。

孝弘さん――。

夫の生暖かい吐息が首筋に吹きかかる。

「私、明日婚礼の着付けをするの。勘を取り戻すために、この一か月毎日練習もしたの。初めて婚礼を任されたときよりずっと緊張してる。でも、私のブランクなんて誰にとっても関係ないの。私がどんなに幸福でも不幸でも、緊張していようがいまいが、自分が着付けたお嫁さんは世界一幸せになって欲しいと思うの。ずっと練習していて私、働く動機がそれしかないことに気づいてしまった」

「俺たち、別れるのか」

自由の利かない顎《あご》を縦に動かす。孝弘のものか自分のものかわからぬ汗で、首筋が湿っていた。数秒後、奈々子は解放された。

朝八時、紅美は美容部の着付け部屋に現れるなり大きな欠伸《あくび》をした。ジーンズとTシャツ姿。化粧をしていない顔は幼児のようにあどけない。髪は黒く染められていた。

「こんな色の髪にスッピンじゃ、恥ずかしくてワンピースなんか着られない」

奈々子の背後で珠希が大きく息を吸い込む気配がした。紅美はそんな姑《しゅうとめ》に構わぬ顔で部屋にあがった。奈々子は脱ぎっぱなしになっていた紅美のサンダルを揃えた。

「奈々子センセ、よろしくお願いします」

こちらこそと挨拶《あいさつ》をして頭を上げる頃、彼女の視線は既に鏡の方へと移動していた。表情を動かすこともなくこのやり取りを見ている珠希を窺《うかが》ってみる。奈々子は眼差《まなざ》しで「大丈夫ですよ」と師匠に訴えた。

和装用の下着を着けさせ、白いパイルのガウンを着せた。日焼けとは縁のなさそうな真っ白い肌をしている。奈々子はきしみが残る紅美の髪に櫛《くし》を入れた。

ホットカーラーで持ち上げた前髪を膨らませたまま固め、頭頂部でひと結びする。

紅美の唇が不満げに歪《ゆが》んだ。

「奈々子センセ、おでこ出さなきゃ駄目ですか」

「顔は全部出します。和装は体が膨らんで見えるから少しでも頭部を大きくしないとバランスが悪くなっちゃうんです。まぁ今日一日、仮装パーティーだと思って楽しんでみてください」

「じゃあ、舞妓《まいこ》さんみたくしてね」

「ちゃんと一番お似合いの髪型にいたしますよ」

半襟を縫いつけている珠希の気配を気にしながらの会話も、今日は仕事のひとつだ。十畳ほどある着付け室の壁には、今日花嫁が着る白無垢《しろむく》や金色の打ち掛けが並んでいる。彼女がそこだけは譲らなかったという黄色いレースたっぷりのドレスも、姑が選んだ打ち掛けの豪華さには敵《かな》わぬようだ。

あ、そういえば――。紅美が鏡越しに奈々子の目を見た。

「ノブちゃんが不思議がってた」

髪の毛を鬢《びん》と根に分けて元結いで括《くく》る。

「何をですか」

「奈々子センセと昔会ったことがある気がするんだって」

「同い年と伺ってますけど。中学か高校で他校と対抗試合のときにすれ違ったんでしょうかね」

「ノブちゃん、運動はからきしだったって言ってた。あの体型だもん、当然でしょ」

「若い頃のお写真はご覧になったことないんですか」

「みんな実家に置いてあるって言ってた」

紅美は鏡の中で白無垢の襟を付けている珠希にちらりと視線を走らせる。

「多分見る機会はないと思う」

バスケット部のキャプテンなどという過去は、今の信樹には邪魔なのだろう。

「奈々子センセは何か部活とかやってたの」

「私は特別なにも。いつもぼんやりしてました」

「ずっと美容師になろうって思ってたの」

「いいえ、高校を卒業するときに何か手職が欲しいと思っただけです」

「そんなんで何十年も続けられちゃうんだ」

「ええ、続けられちゃうもんなんですよ」

鬢を膨らませ、新日本髪の体裁を整える。元結いに鬠の毛と根の毛を括った。鬠型を使わずにまとめ上げた髪に、かのこでアクセントをつけた。白無垢と綿帽子のあとは元結いに付け毛の毛束を括りつける。打ち掛けの際は地毛と付け毛を馴染《なじ》ませ、背中に垂らす。

「かんざしはお着物を着てからです。頭、痒《かゆ》いとか痛いところはありませんか」

紅美が緊張した表情で頷《うなず》いた。奈々子は若い花嫁にほほえみかけた。

明け方、手提げバッグひとつで部屋をでて行った孝弘のこともずいぶんと遠いところにある。今まで同じような時間にぶらりと外出することはあっても、荷物を持って行ったことはなかった。無言で詰めていたバッグの中身は、ほとんどが着替えだった。声を掛けようか掛けまいか、迷っているうちにドアが閉まった。ドアの音を聞いて初めて、掛ける言葉などひとつもないことに気づいた。さようならという言葉さえ思い浮かばなかった。

何度も人形《スタン》相手にやってきたことを、ひとつひとつ終える。抜いた襟に中心を合わせ、一枚一枚布を重ねた。しっとりした重みは、衣装がみな絹であるせいだ。地模様が美しく浮かんでくる真っ白い化繊の白無垢もあるのだが、珠希はそれをよしとしなかった。写真技術が向上した今は、絹と化繊の違いがすぐにわかってしまう。化繊は無駄に光る。珠希がわざわざ重い着物を選んだのはそのことを考慮した結果だろう。着せる側にしてみれば、絹で練習していたぶん着せやすい。手のひらを滑る布の感触が似ているのに越したことはない。

肩から胸、胴と腰まわりに補整パッドを入れ、どこにも皺《しわ》を寄せずに仕上がったのを確かめ、珠希に確認してもらった。すっかり口数の減った紅美は珠希の視線を受けながら心細げな表情をしている。

「おきれいな花嫁さんですよ。ご本人も美しいけれど、良いお仕事です」

花嫁の表情が和らいだ。ほどなく会場係が現れ言った。

「新郎様がお見えです」

入ってくれるよう言うと、すぐに先日と同じスラックスとブレザー姿の信樹が現れた。白無垢姿の紅美を見て、口を開けたまま立ちつくしている。新郎のこんな表情を垣間見《かいまみ》るのも、着付師の醍醐味《だいごみ》のひとつだ。奈々子は深々と頭を下げた。

「本日はまことにおめでとうございます」


神前挙式、写真撮影と滞りなく進み、午後一時から披露宴が始まった。打ち掛けと振り袖《そで》、そして黄色いドレス。時計を見ればそろそろ式も終盤にさしかかった頃だ。突然着付け室のドアが開いた。珠希が憤慨した表情で上がり込んでくる。黒留め袖の裾《すそ》が乱れるのも気にせず、鏡前の椅子にどさりと座り込むと、両手で顔を覆って嗚咽《おえつ》を漏らし始めた。

「先生、どうなさったんです。なにかありましたか。お加減が悪いんですか」

喉《のど》を鳴らして泣く嵯峨珠希は、心細げなただの老婆だった。白いガーゼハンカチを差しだすと、珠希は無言で受け取り目の周りを押さえた。呼吸が整うのを待って、床に膝《ひざ》をつきもう一度訊《たず》ねてみる。

「先生、なにかございましたか」

目元の化粧がよれた珠希と目が合った。珠希はふぅと長い息を吐いた。

「奈々子さん、あの子お腹に赤ちゃんがいるんですって」

少し迷ったが、ええ、と頷いた。

「帯をあまりきつくしないでくださいと頼まれていました」

珠希は「知ってたの」とつぶやき何度か首を横に振った。

「私はね、ドレスで現れた花嫁さんのサプライズとやらで、いきなり司会者にお祖母《ばぁ》ちゃんなんて呼ばれて、もうなにがなんだかわからなくなりました。驚かせることとショックを与えることは違うでしょう。色々と我慢していたことが一気に噴きだして、やっぱり自分はひとりだと思ったのよ。近ごろの若い人は、人を辱めることをなんとも思わないみたい。それはうちの馬鹿息子も同じでした」

黒留め袖の背中をそっとさすった。若い花嫁がよかれと思ってしたことも、嵯峨珠希にとってはただの辱めとなってしまう。世代間のギャップとひとくくりにはできない。珠希には珠希の流儀がある。側にいた十年間で奈々子はそのことを学んできた。

「あぁ、みっともないところを見せてしまいました」

化粧を直して披露宴会場に戻ろうとする珠希がつと振り向き、奈々子に言った。

「今夜はこのホテルの最上階で飲みましょう。私がおごります」

新郎新婦を送りだし、片付けものや式場への挨拶《あいさつ》を終えると既に午後五時を回っていた。満腹だと体が思うように動かないので、朝から数回に分けておにぎり三つとお茶しか腹に入れていない。それは珠希も同じだった。

「奈々子さん、上へ行って何か美味《おい》しいものを食べましょう。お疲れ様でした。久し振りにいい仕事ぶりを見せてもらって、満足しました」

師匠を満足させたという自信はなかったが、がっかりさせたような気もしなかった。全力を尽くしたという自分の中の満足はある。奈々子は風呂敷《ふろしき》包みと道具箱をロビーに預け、珠希と連れだってエレベーターに乗り込んだ。

「お祖母ちゃんになる気持ちはどうですかって、おかしな質問だと思わない」

「どうなんでしょう。私には遠い話ですけど」

珠希が声をたてて笑った。からりと乾いた声がエレベーター内に響いた。

「やっぱり自分はひとりだなんてことを自覚しました」

本音というにはあまりに寂しい言葉だった。珠希とそう時間を違《たが》えずに、奈々子もひとりになった。孝弘は今頃この街のどこにいるのか。次に会うときはお互いにどんな顔をしているのか。一番の心配はどういうわけか、ちゃんと食事をしているかどうかだった。もうきっと、漫画喫茶には居ないだろう。

「さぁ、ふたりで豪勢な祝杯でもあげましょうか」

イタリアンを中心にしたサイドメニューを何品かと、酒はシャンパンを一本頼んだ。

「頬の腫《は》れ、ひいたみたいね」

「気づいていらしたんですか」

珠希は唇を横に伸ばし、まぁねと応《こた》えた。ファンデーションで赤味は消せたが腫れだけはどうにもならなかった。訊ねられたら歯痛と答えるつもりでいた。

窓際のテーブルに置かれたランプが、ほのほのと灯《あか》りを揺らしていた。珠希が魚介のサラダを取り分ける奈々子の手元を見守っている。

「おめでたい席に、申しわけありません」

「まったくもって、おめでたい席だったわねぇ」

珠希は、そうそうと言いながら傍らにあったバッグから封筒を取り出した。テーブルの上に滑らせ頭を下げる。

「今日のお礼です。受け取ってちょうだい。全部終わってから渡すのもなんだけれど、本当にありがとうございました」

白い封筒には厚みがあった。容易に二つ折りにならない。促され中を確認した。三十枚入っている。

「先生、いただけません。五年も休んでいた仕事だったんです」

「一か月、毎日毎晩練習をしなくては、あそこまで腕を戻すのは無理。私には、その毎日が見えるのよ」

奈々子は封筒を両手で持ち上げ礼を言った。

「先生、もしかして信樹さんと私のこと、ご存じだったんじゃありませんか」

珠希は表情を変えずにカクテルサラダの海老《えび》と、シャンパンに口を付けた。

「あなたに振られたせいで四十まで結婚できなかったようなこと言って笑うのよ、あの男は」

呆《あき》れてるかと問う珠希の語尾が、無邪気に上がる。奈々子は首を振った。

結局昔も今も、自分はなにひとつ変わっていない。行きつ戻りつする気持ちをさっと体から引き剝《は》がし、手前勝手に一歩踏みだしてしまう。それは珠希も同じだろう。

「奈々子さん、そのお金で釧路に帰っていらっしゃい」

ランプの炎が揺れている。シャンパングラスの中で、いくつもの細かな泡が上を目指していた。

「やって欲しいことが山のようにあります。必要とされるところに帰ってらっしゃい。私は結局指導者を育てることには向いていなかった。あなたにはそこを補って欲しいと思っています」

孝弘が去った場所にシャンパンが満ちてゆく。奈々子はゆっくりと頭を下げた。

さようならという言葉が泡と一緒にはじけて消える。誰に対して別れを告げたのか問うてみる。遠い顔近い顔がぐるりと奈々子の脳裏を通り過ぎた。

もう一度音にせず呟《つぶや》いてみる。

さようなら——。

頬の赤味を隠そうと懸命に化粧をしていた今朝の自分も、泡と一緒に浮かんで消えた。

根無草

釧路は冬場の日照時間が多い街だった。師走《しわす》に入っても雪雲に覆われた空を見る日は滅多にないのだが、霧で閉ざされた夏を取り戻すように晴れ上がる空の様子が、今日は少し違っていた。

今にも白いものが落ちそうな鉛色の空を眺めたあと、叶田六花《かのうだりっか》は腕の時計を見た。約束の午後二時を、十分ほど過ぎている。人待ち顔で辺りを気にするのも嫌で、白いテーブルの上に大学ノートを広げているが、午前中に取材した自費出版の記事を組み立てる気分になれないままだ。

今年四十五歳になるという主婦は、結婚して二十年目の記念に今まで溜《た》めた詩を一冊にした、と語った。六花は終始にこやかに、彼女が予《あらかじ》めメモしてある言葉を聞いた。記事にして欲しいと言ってきたのは詩集を出した地元の出版社だ。

とりたてて目新しいことも特段に優れた気配もない、神経質な単語が並ぶばかりの詩集だった。「愛だの恋だのっていうのは苦手。人はもっと深い場所で詩を感じていいと思います」と言っていた。今後しばらくのあいだ、彼女や彼女の親類縁者の気持ちを潤わせ、あるところには嫉妬《しっと》を生むような記事になるだろう。頼まれれば行く。そういう取材だ。

彼女の夫がこの薄い詩集にポンと百万円出してくれたことの方が、記事としては価値がありそうだった。内容は、この二十年彼女がただの少しも変化しなかったことを物語っている。夫がそこに金を出す価値を感じたと書けば、文化欄の記事ではなくなる。ありきたりな文章を期待されている。

この五分で三度時計を見ていた。待ち合わせ場所を指定したのは六花だった。湖を見下ろす高台にあるパーラーだ。一階は菓子店であり、人目もあり明るくて客の出入りが多いので、話に詰まったときは早々に席を立ちやすい。六花は、フロア全体を見渡せる奥まった窓側に座っていた。

壁一面が窓ガラスになった喫茶部のフロアは子連れの主婦や家族連れで賑《にぎ》わっている。階段を上がってくる客はまず窓辺が空いているかどうか確認するという人気のテーブルでもあった。

その男は昨日の終業間際、六花の書く署名記事を読んだと言って報道室に電話をしてきた。太く響く声だった。

「失礼ですが、昔、T町にお住まいだった叶田さんではないでしょうか」

「T町には二年ほど住みました。でも、まだ小学生の頃ですから」

「古賀《こが》」の名前と古い記憶がはっきりと重なったのは、人違いでは、と言いかけた時だった。

「やっぱり六花さんだ。あぁ、良かった。記事を読みながらいつもあなたじゃないかと思っていたんです」

いつでもいいので会ってくれないだろうか、と彼は言った。

六花は息を深めに吐いた後、時計を見るのはもう止めようと決めた。

不意に朝テーブルに置きっぱなしにしてきたマグカップを思いだした。出がけに慌ただしくなってしまうのはいつものことだ。今朝は取材のために読んでおいた詩集をどこに置いたか忘れてしまい、どたばたしながらアパートをでてきた。

六花が地元の短大を出て道東日報に記者として勤め始めてから、十年が経とうとしていた。三年前に一度結婚したが、仕事は旧姓のまま通した。上司に「別れる予定でもあるのか」とからかわれたが、一年後本当に離婚したときは誰もなにも言わなかった。

家庭や家族というものに、過剰な期待を掛けすぎたのがそもそもの間違いだった。安らぎたいのはお互い様ということに気づいたのは、六花がふたりのあいだに入った亀裂《きれつ》に背を向けてからのことだった。

無意識に腹に当てていた手のひらを、不思議な思いで見つめる。妊娠に気づいてから一週間が経とうとしていた。産む理由はなにひとつなかった。相手は別れた亭主だ。既に別の女と結婚し、妻はそろそろ臨月を迎えると聞いた。

人の夫となってみれば、安らげる男だった。今となってはそういうめぐり合わせなのだろうと思うしかない。

離婚後初めて関係したのが一年前だった。「人さまの夫向きの男だったとはね」、と言ったときの元夫の憤慨した様子を思いだすと、今も笑いがこみ上げてくる。

しかし、妊娠だ。六花はもう一度手のひらを腹に戻した。いくら考えても産む理由はなかった。なのになぜ、ぐずぐずと病院へ行くのをためらっているのか。実は産みたい？と自問し「まさか」を繰り返すこと一週間。タイムリミットのある選択だった。どう頑張ったところで自《おの》ずと結論は出てしまう。

窓から見える道路も湖面も、遊歩道の木々も空も、なにもかもが鉛色だ。あと一時間もしないうちに、街は急速に夜になる。日の出が早い街は、暮れるのも早い。妊娠六週という事実がなければ、古賀からの電話にここまで気持ちが揺れることもなかったのではないか。

ざわめく喫茶部フロアへ、男が慌てた様子で階段を上ってきた。開いていたノートを閉じ、席から半分腰を浮かせる。古賀は濃い緑色のブレザーに茶系のシャツとスラックス姿だった。

古賀と初めて会ったのはまだ六花が五年生の夏だった。白いワイシャツに紺色のブレザー、グレンチェックのスラックスが定番の、六花が大人の異性を意識した初めての男だった。夏休みに入ったばかりだったことをはっきりと記憶しているのは、彼がおみやげにつがいのクワガタを持ってきたからだ。

「もし死んでしまっても、標本にすれば自由研究になるよ。生きていたら、観察日記を書けばいい」

提案は明快、かつ魅力的だった。

父親と同じ年のはずだから、六十になったところだろう。古賀は黒いダウンジャケットを持ち上げ、口を開きかけたが、思い直した風に改めて腰を折り頭を下げた。

「お待たせしました。こちらからお願いしたというのに、遅れてごめんなさい」

型どおり名刺を交換した。古賀の名刺には肩書きも住所もなく、ただ携帯電話の番号が記されているだけだった。

ウエイトレスが持ってきた水をひと息に飲み干し、古賀はコーヒーの他に苺《いちご》のショートケーキもふたつ注文した。六花が右手を胸元に挙げ、ケーキを断ろうとすると、彼は変わらず太い眉《まゆ》を寄せて「お詫《わ》びだから」とそれを制した。

「好きだったでしょう、苺ケーキ」

記憶の中の古賀はもっと筋肉質でがっしりとした体型の印象だったが、目の前にいる彼の頬は鋭くそげ落ちており若い頃より神経質な気配を漂わせていた。それでも浅黒い肌は変わらぬままで、服装にしても特別荒れた生活をしているようには見えない。

「すぐにわかった。六花ちゃんだって」

古賀は変わらずよく響く声でそう言ったあと、すぐに「ごめん、六花さん」と訂正した。当時黒々と濡《ぬ》れたように整髪料を光らせていた髪は、頭頂部がわずかに薄くなり半分ほど白くなっている。

古賀は月に一度T町へやってきては、父と一緒に酒を飲んでいた。人口一万人に満たない山間部の温泉町ではずいぶんと目立っていたようで、お使いの際など噂好きな酒屋の店主によく彼のことを訊《たず》ねられた。

土地の売り買いをして生計を立てていると、当時父が自慢げに話していたのを聞いた。古賀の話をするときの父は、あきれるほどはしゃいでいた。

「古賀さんはなんでもかたちにしちまう。なにもないところからでも金を持ってくる。とにかくすごい人なんだ」

六花は旭川から移り住んだT町で小学校五、六年生の二年間を過ごした。両親が開いた理髪店は、街場からきた職人という触れ込みも手伝ってそこそこ繁盛していた。父が作った借金や、その街の親戚《しんせき》縁者や友人たちから逃れるためにT町へやってきたことなど誰も知らない。一家の、半分夜逃げのような引っ越しの仲介をしたのが古賀だった。

「新聞記者になったなんて、ねぇ。最初に名前を見たときはまさかと思ったんです。去年の梅花藻《ばいかも》の記事、あれが初めてでした」

「梅花藻というと、七月でしたか」

「こっちにきて、たまたま喫茶店で道東日報を見たんです」

地域の草花を写真で紹介するという、一年間続いたシリーズだった。地元の趣味人をガイドにして山や川、断崖《だんがい》絶壁に咲くエーデルワイスを取り上げたりもした。そこそこ人気もあったはずだが、デスクが替わってすぐに打ち切りとなった。

古賀は運ばれてきたコーヒーとケーキを、六花に勧めた。甘いものが喉《のど》を通るような気はしなかったが、とりあえずひと切れ口に運ぶ。常に胸焼けしている。これがつわりなのかもしれないと気づき、無理矢理ふた口目を口に入れた。

「古賀さん、私たちがT町に住んでいた頃はどこにお住まいだったんですか」

「旭川や札幌、函館にもいました。いつも道内をぐるぐる回っていたから、決まった家ってのはなかった。相当胡散臭《うさんくさ》い生活でしたね」

黒い乗用車に乗って月に一度、決まって金曜日の昼どきに彼は現れた。磨き込まれた車は週末の二泊三日理髪店の前に停められ、そのあいだずっと父と彼の酒盛りが続くのだった。古賀が飛び回る華やかで怪しげな商業世界の話を、父はいつも嬉《よろこ》んで聞いていた。夫婦で理髪店を経営するだけでは飽きたらず、常に別の儲《もう》け話に浮き足立つ父は、六花にとって浅ましく寂しい存在だった。

金曜の午後、酒場の明かりが灯《とも》るまでのあいだ、古賀と他愛《たわい》のない話をして過ごした。友達がいない六花のことをいち早く見抜いたのも彼だ。
「狭い町の人間関係に滑り込むにはちょっとしたコツと時間が必要なんだよ」と耳打ちされたのを覚えている。

　コツは何かと訊ねた六花に彼は「敵意がないのを上手《うま》く伝えられる一瞬をつかまえること」と答えた。いつも心がけて笑顔を作り敵意がないことを伝え続けたが、友達と呼べるような同級生は現れなかった。百点を取ったテストの答案は放課後までに必ず紛失し、授業中に担任が少しでも六花を褒めるとすぐに下駄《げた》箱の靴が消えた。

　彼の言葉は新聞記者という今日の仕事にこそ大きく役立っている。敵意がないことをわかってもらう一瞬をクリアすることで、十年間同じ道を歩けている。古賀は十一歳の六花に、良い関係を続けるには技術が要ると教えたのだった。

　父とさんざん飲んだあとの古賀は、日曜の昼に近所の温泉でひと風呂《ふろ》浴びてから再び黒い車で去って行く。そんなことが五年生の夏休みから六年生の夏休みまで続いた。

　働くのが嫌いな父に代わり理髪店をひとりで切り盛りしていた母は、慣れない温泉街の人間関係に子供の目にもあきらかなほど笑顔が少なくなっていった。母も六花と同じように、着ているものから髪の色、いつ橋を渡りどこへ買い物に出掛け夕食はなにかというようなことを噂され通しだった。T町に移り住んで半年もする頃にはすっかり外出が嫌になった母は、食料品から酒まで、買い物はすべて娘に任せるようになった。

敵意やうしろめたさがないことを伝えたいのか、古賀は終始六花を褒めちぎる。いつのどんな記事が印象に残っているという記憶力の良さに驚きながらもやはり、上滑った気配は否定できない。六花はもう自分が三十になる一人前の大人であることを、彼の仕草の端々から感じ取った。

厚い雲の向こうにある太陽が海の端へと沈みかけている。喫茶部の照明が強くなり、窓ガラスがふたりの姿を映した。

「去年の夏、初めてうちの新聞をご覧になったんですか」

古賀は視線を窓ガラスに移し、ええと頷いた。

「その前はずっと青森にいたんです。十年くらいだったかな」

「ご職業は不動産関係でしたよね」

「いや、僕は何でも扱うんですよ。土地の売買から昆布の買い付け、ナマコの取り次ぎや木材、テーマパークの仕掛け人、あとは郡部の街興しやおにぎりチェーン店のプロデュースまで。真ん中に入ってお金になることなら、それこそなんでも」

「ずいぶんといろんなことをご存じだとは思っていましたけれど、まさかそういうお仕事をされているとは。私はてっきり父にT町の店を世話してくれた不動産会社の人だとばかり」

それ以上の言葉はでてこない。古賀は個人ブローカーだった。金の匂いを嗅《か》ぎつけては人の生き血を吸う仕事、というのが偽りのないその職種に対する印象だ。六花の言葉を受けて、彼は変わらず太い眉を寄せ、困惑した眼差しを苺のショートケーキに落とした。

「叶田さんとは、旭川から出たいっていう彼にT町にあった居抜きの店舗を紹介したときからのお付き合いでした。T町に移った年の夏、あなたのお父さんが温泉を引いて宿を開きたいって言いだしたんです。悪い話じゃなかった。ひとくち乗ってもいいかなと思ったんです。だからそのために僕もいろいろと走り回ったし、一時は本当に実現しそうなところまで行ったんです」

一文無しの床屋がしがらみのきつい土地で温泉宿を開くなんて発想自体が既にどうかしている。病的なほどギャンブルや儲け話に弱い父だった。小さなパチンコ店すらない温泉町を紹介したことも古賀の計らいというのなら、自分たち親子のあの二年間とは一体なんだったのか。遊ぶ場所もなく話し相手もいないT町での暮らし。古賀の足が途絶えてから半年ほどで、父は辛抱しきれず釧路へと住まいを移した。

「結局、あのときの話が駄目になったのを潮にすっかり足が遠のいてしまった。その後どうしているかなと、ずっと気持ちに引っかかっていました。お父さん、ギャンブルはもうお止めになったんでしょうね。六花さんがこんなに立派になっているということは、腹を括《くく》って生業《なりわい》に精を出されたんでしょう」

古賀が訊《たず》ねたいことは、もっと別のことなのだろう。父親の話がでてからの彼は、なかなか六花の目を見ようとしない。山師相手に海千山千を乗り越えてきた男にしては、少し演技が足りなかった。

「古賀さん、覚えてますか。私にミカンの剝《む》き方を教えてくれたこと」

一瞬ぼんやりとした瞳で六花を見た彼は、そのあとひどく照れた表情になった。

年末のみやげにと彼が十一歳の六花に渡したのは、十キロもある段ボール入りの冬蜜柑《みかん》と当時なかなか手に入りづらいと言われていたゲームボーイだった。

「僕が昔暮らしていた外国の街では、蜜柑はこうやって剝いていたんだ」

マリオゲームにばかり気を取られている六花を側に呼び、古賀はまるで林檎《りんご》のように指先で冬蜜柑の皮を剝いてみせた。一センチほどの幅になり新聞紙の上で丸まろうとする蜜柑の皮を持ち上げ、六花は真面目にその国はどこかと訊ねた。

「さぁどこかねぇ。ずばり当てたら次はテトリスを持ってきてあげるよ」

不機嫌になった六花を見て、古賀が笑った。そのとき、自信に満ちた大人の男はこんな風に笑うのだと思った。台所でふたりのやり取りを見ていた母も笑った。

記憶の壺《つぼ》からゆっくりと水が溢《あふ》れてくる。外はすっかり暮れており、車のヘッドライトがときおり窓の外のS字坂を行き交っている。古賀が最後にT町にやってきたときの光景が、違い蟬の羽音と共に溢れでてくる。父も母も古賀も、あの日は誰も笑っていなかった。

釧路川の源流に近いT町には、いつも水の流れる音がしていた。町の真ん中を蛇行しながら進む川は場所によって流れが急で、落ちたら大人でも簡単に流されてしまいそうだった。川の水はいつも青く、含まれた石灰に反応した光の波長が見せる色は、子供心にも美しかった。

六年生の夏休みに入ったばかりの金曜日、昼どきに古賀の黒い車が叶田理容室の前に停まった。後続の観光バスが古賀の車を避けた際、通りいっぱいに排ガスをまき散らした。通りに面した二階の窓辺で、六花は運転席から降りてくる古賀の様子を見ていた。そろそろくる頃だ、という予感があった。第三金曜日の午後はいつも学校の授業など上の空だったし、たまに気が向いて誘ってくれる級友すら煩わしかった。

その日彼は、二階の窓から顔をだしている六花を見ようともしなかった。車から降りる際は必ず辺りに六花の姿を捜してくれていた彼の、初めて見る険しい表情だった。腹がずきりと痛んだ。華やぐはずの週末は出鼻をくじかれ一気に萎《しぼ》んだ。

一階は理髪店の店舗で、その奥が居間になっていた。二階には襖《ふすま》で仕切られた和室が幾つもあり、三人家族が暮らすには広すぎる家だった。古いことも古かったが、一階にも二階にもトイレのある家に住んだのはT町の二年間だけだ。建てられた当時は使用人が多かったらしく、廊下を隔てた向かい側には三畳ずつ仕切られた和室が並んでいた。夜逃げ同然でやってきた親子に、そう多くの家財道具があるわけもなく、居間も二階もいつもがらんとしていた。古賀は二階の一番奥の部屋に寝泊まりしていた。廊下の端にある部屋は、蒲団《ふとん》を敷くと通路しか残らぬ狭さだった。

階下で、父と古賀が居間へ入ってゆく物音がした。六花は階段がきしまぬよう気をつけ、そっと中ほどまで下りてみた。引き戸の向こうで、古賀が言った。

「叶田さん、あんたなんてことしてくれたんだ」

「いや、古賀さん、あんただって覚えがあるだろう。さんざん俺を利用して、話が軌道に乗ったら俺のこと捨てるつもりだったんじゃあないのか。その辺の民宿やろうって話じゃないんだ。でかいリゾートだぞ。俺が思いついた話なんだから俺がオーナーだって、あんたも言ったろう。聞けば旭川じゃそんなこと誰も知らないって言うじゃないか。だからそんなことさせるもんかと思って、俺、俺は」

最初は突っかかっていた父の声が、だんだん力弱くなってゆくのがわかった。

「誰が叶田さんを利用しようっていうんですか。こういう交渉事ってのは、順序と段取りがすべてなんですよ。一年近くかけて少しずつ積み上げたものが、あんたのやったことでみんな水の泡になった。そのこと、どう考えてるんですか」

「少しでも高く売れる方へ話を持っていって、何が悪いんだ。商売ってそういうもんだろう」

違う、と古賀は声を荒らげた。階段に腰を下ろして居間の様子を窺《うかが》っている六花が飛び上がるほど、彼の声は怒りに満ちていた。

「違う。叶田さん、違う。商売にはあとあとってのがある。損がなけりゃ得もないんだよ。あんたが考えてるのは、今自分が一円でも得をすることばかりだ。そういう人に商売なんぞ無理なんだよ。人より多く頭を下げて、言いたくないお世辞も言って、嘘か誠か判らないような化け物の懐から真実だけを引っ張り上げる。それが生きた金なんだ。生きた金しか金を生まないんだよ。あんたは鼻先の匂いに騙《だま》されて、それをみんな死に金に変えてしまったんだ。自分のやったことがわかるかい」

間違いなくオーナーにしてやるという甘言に乗った父は、情報をそっくりそのまま別のブローカーに持って行ったらしい。違約金、町議、面子《めんつ》、聞いたことのない単語が次々と耳に入ってくる。

「あんた、自分がどんな書類に判を捺《お》したのか、わかっているのか」

「新しい取引先でも、ちゃんと古賀さんに儲《もう》けがあるようにするからって、そう言われて」

弱々しい声を古賀が遮った。

「そんなうますぎる話、おかしいとは思わなかったのか」

ひとしきり「だってよう、だってよう」と繰り返す父の声は、じきにぴたりと止《や》んだ。父は新しく現れた都市型のブローカーにまんまと騙されたのだった。現時点での損失を、古賀ははっきりと口には出さなかったが、父親がぼそぼそと呟《つぶや》くいいわけの中の「億の商売」という言葉が、大人たちの狂騒を浮かび上がらせた。

開け放した二階の窓から、川を流れる水音と夏虫の羽音が降ってくる。六花は息を潜めて男たちの言葉に耳を澄ました。いつ終わるとも知れない沈黙に、先に耐えられなくなったのは父だった。聞いたこともないような卑屈な物言いに、耳を塞《ふさ》ぎたくなるのを堪《こら》え、壁に頭を寄せる。

「古賀さん、あの約束覚えてるかい。男同士の約束を破ったら、っていうあれさ」

「あんた、なにを言ってるんだ」

「だからさ、約束どおりの詫《わ》びを入れさせてくれって。このとおりすってんてんになっちまったけど、詫びたい気持ちは残ってんだよ。俺に約束を守らせてくれよ」

頼むよこのとおり、と繰り返す父の声が壁を伝って響く。父が今どんな恰好《かっこう》で古賀に頭を下げているのかすぐに想像がついた。両手をついて床板に額をこすりつけるようにして「詫び」を入れている。借金を申し込むときも、夢やぶれたときも、とにかく父は土下座をしていた。腹に溜まる怒りは妻や娘に向けられる。父の土下座はいつも六花に寂しい思いと怖れをつれてきた。

「やめなさいよ。俺はそんな約束覚えてないんだから」

「いや、あんたは覚えてる。あんたいつも、あいつのこと見てたろう。俺は知ってる」

ざっと立ち上がる気配のあと、白衣姿の父が居間から飛びだしてきた。そして階段の中ほどに座っている娘に気づきもせずに店へ走り、甲高い声で母の名前を呼んだ。客はいないようだった。早口で何ごとかをまくし立てる父に、母は「なんで」と繰り返していた。恐る恐る店をのぞき込んだ六花の目に、向こうを向いた母の足下で土下座する父の背が飛び込んできた。

夕方、母はいつものように台所に立ち食事の用意をした。この時間は客足が途切れるまでは父が店に居ることになっており、いつもならば古賀が話し相手になってくれる貴重なひとときだった。おみやげのゲームソフトや珍しい果物やケーキなど、彼が持ってくる洋菓子はいつも有名菓子店の包装紙が巻かれていたが、その日の彼は手ぶらで、髪の毛に櫛《くし》も入っていない。白いシャツの襟は汗で汚れ、いつも身なりに気を遣っていた男の姿ではなかった。

古賀は部屋の隅で黙ってテレビを見ていた。しかしその目は画像を追っているようにも見えなかった。浅黒い肌はくすみ、眉間《みけん》には深い縦皺《たてじわ》が寄っている。

食事の際、母はひと言も喋《しゃべ》らず酒を飲み続ける男たちのグラスに酒を注《つ》いでいたが、じきに六花が洗い物をしている台所へきて耳打ちをした。

「こんな遅くなってからで悪いんだけど、お茶碗《ちゃわん》洗い終わったらおつかい頼まれて。駅前の南郷さんまで行ってウイスキーを買ってきて欲しいんだ。もう底を突きそうで。ほら、お父さん怒りだすと手がつけられないから」

母が指定した駅前の店までは、子供の足で歩いて三十分近くかかる。近所の酒屋は既に閉店している。もうすぐ午後七時という時刻に、ひとりで行けるような気はしない。気持ちから恐怖を切り離すこともできないまま、六花は往復一時間という酒屋へ使いにだされた。

「遠回りになるけど、大きい明るい方の道を通って行っておいでね」

六花は街灯を数えながら観光みやげ店の並ぶ通りを横切った。川下の方へと、風が吹いていた。心細さに震えながら町を覆う川音を聞いていた。

青い水が石を撫《な》で、川底の砂利を洗いながらひとときも休まず流れて行く。腕にぶつかった蛾の鱗粉《りんぷん》を払った。六花はこの水に流され続ける浮き草のような大人たちを思った。

水音は川からではなく満天の星を抱いた空から降ってくるように思えた。みやげ店の軒先が途切れる場所まできたとき、六花はくるりと踵《きびす》を返した。そして、いつも行っている斉藤酒店の裏口へ回り、自宅のインターホンを押した。

酒屋の店主は「えらいことだねぇ」と言いながら店の棚からウイスキーを出してきてくれた。そして、声を潜めて六花に言った。

「あの男、今日もきてるのかい。あんまりいい噂を聞かないんだけどねぇ。あんたの父ちゃんも大した山師だよ。この土地であんまり目立つようなことしちゃ、駄目だって。まぁワシらがそんなこと言ったって聞くような人じゃあないんだろうけどさ」

子供が可哀相だ、と店主は言った。六花に向かって言っているわけではなさそうだ。釣りを受け取り頭を下げる。家に向かって走りだした。

軒下を通り抜け、台所の横にある勝手口を薄く開けて中の様子を窺ってみた。蛍光灯の明かりはそのままにして、ちゃぶ台の横で父が寝転がっているのが見えた。母と古賀が居ない。六花はそろそろと靴を脱ぎ、音をたてぬよう家に入った。側まで寄って父を見下ろす。唇の端からだらしなく涎《よだれ》を垂らし鼾《いびき》をかいて眠っている。

六花はそっと階段を上った。店に人の気配がないとなれば、母と古賀がいる場所は二階しかない。自分が何をしようとしているのかわからないのだが、足音を殺して上る階段は、一段ごとに幼い好奇心と覚えのないやましさを膨れあがらせた。

六花の部屋と両親の寝室は開け放たれたままだった。薄いカーテンの向こうから街灯が透けて見える。川の流れる音が壁や窓ガラスを伝わり廊下の空気を揺らしていた。

廊下の、きしまない板を選んで進み、いつも古賀が寝泊まりしている部屋の前で足を止めた。建て付けの悪い襖《ふすま》は上に向かうほど隙間を広げていた。指が一本入るくらいのすき間から、規則的な吐息が漏れている。隙間にそっと片眼を近づけた。

薄闇のなか、白い両脚が天井に向かって伸びていた。脚のあいだに挟まれた古賀がその足首を摑《つか》んでいる。

古賀と母が何をしているのか、すぐにわかった。白いワイシャツに窓から入りこむ街灯の光を溜《た》めて、古賀の背中が母と重なる。細い両腕がワイシャツの背できつく組み合わされた。荒い呼吸が螺旋《らせん》を描いてふたりの唇から漏れる。

古賀の動きが止まった。押し殺した声で男が言った。

「馬鹿なことを」

母は感情のこもらぬ擦《かす》れ声で「用が済んだら、もう帰ってください」と呟《つぶや》いた。ふたりはしばらくそのままの姿勢でお互いの顔を見ていた。

母から体を離し、古賀が窓を開けた。六花は音に紛れ階段を中ほどまで下りた。そして、わざと大きな音を立て二段ほど戻り、無理矢理あどけない声を作って叫んだ。

「お母さん、二階《うえ》に居るの？　お酒買ってきたよ」

喉《のど》がからからに乾いて、心臓が割れそうなほど拍《う》っていた。廊下の奥から、母の声がした。

「ありがとう、ちょっと待ってね。今蒲団《ふとん》敷いていたところ。すぐ行くから下で待ってて」

いつもと変わらぬ母の声だった。腹の奥で何かが弾《はじ》けた。それはじき、階下に戻った六花をしばらくうずくまらせるほどの痛みに変わった。六花はその夜、初潮を迎えた。朝を待たずにT町を後にした古賀は、それきり一家の前に現れなかった。

「いつもあなたの記事を楽しみにしていました。そのうち署名のない記事もあなたのものならわかるようになったんですよ。たぶん、間違ってないと思う」

「そんなこと言われたの、記者生活十年の中で初めてです。古賀さん、相変わらずお上手ですね」

古賀はそこだけ妙に高い笑い声を辺りに響かせた。そして一度ゆっくりと息を吐いて言った。

「お父さんとお母さんはお元気ですか」

「ふたりとも、死にました」

古賀は息を吸い込み、うん、と言ったあと、冷めたコーヒーをひとくち飲んでから
それはいつかと訊ねた。

「父は肝硬変で五年前に、母は三年前に事故で。ふたりともずいぶん若かったと思います」

「お母さん、苦労されたんでしょうね」

古賀がふつりと言葉を切った。六花はそうでもないだろうと答えた。

「あの父と一緒ですから、苦労してる自覚も暇もなかったんじゃないかと思います」

「あぁ、あなたの記事はいつもそうやって突き抜けて明るいんだ。きっとお母さんから受け継いだものなんでしょう」

突き抜けて明るい記事を書けるようになったぶん、鬱々《うつうつ》と溜まりゆくものもあった。正体不明の澱《おり》が溢《あふ》れぬよう、気づかぬよう、必死で気持ちに蓋《ふた》をしている。

ご結婚はという問いに、一度しましたと答える。古賀は別段ばつの悪そうな顔もしなかった。「まあ経験もひとつの宝ですから、次に活《い》かせばそれでいい」と言った。ただ、六花が「でも妊娠はしてるんです」と返したときは言葉に詰まった様子で小さく唸《うな》った。

古賀でなければ言わなかっただろう。今この場で口にする必要は爪の先ほどもないのだが、この浮き草のような男に告げることで事実がするすると水に流されて一歩踏みだせるような気がした。何より、彼ならばもっともらしい教えを垂れたりはしないだろうという安心があった。

古賀はもう一度「ご結婚は」と訊ねた。首を横に振った。自分が笑っているのがわかる。咄嗟《とっさ》に「産むつもりか」という問いが気持ちを覆った。古賀も同じ質問をした。

「結婚の予定はありません。まったく現実的じゃないけれど、たぶんまだ迷ってるんだと思います。この先どうするんだろうって」

「ありえないことなんてのは、ない。僕ごときが言えることじゃあないけれど。あなたがしたいようにすればいいんです。どんな事情があるにせよ、選択はあなたがする。いかなる状況だろうとそれは変わりないことだから」

ひとりで産むことはできるかもしれない。しかしひとりで育てることに関してはまったくと言っていいほど現実味がなかった。小さな地方紙の報道部にそんな寛容な空気が流れているとも思えない。ぎりぎりの経済状態で、しかも充分に母親に甘えられずに育つ子供の将来を考えれば嫌でも気持ちが揺れる。

古賀に会い、十一歳の夏まで引き戻されていた。六花はショートケーキを口に入れ、コーヒーで喉に流した。フォークを置いたところで古賀が言った。

「ご両親のお墓にお参りしたいが、どうもそういう時間はないようなんです。六花さんが行かれるときでいい、ちょっとでいいから僕に会ったことを報告していただけるとありがたいんですが」

なにか事情でもあるのかと訊ねると、古賀は妙にさっぱりした顔で「明日《あした》の朝早くにここを出ることになっているので」と答えた。

「根無草ですからね。いいときは長く居られるし、そうじゃないときはさっさと見切りをつけて次の仕事を探さなくちゃいけない。僕はこの年になってもやっぱり人に使われるのは性に合わないんだなぁ」

古賀は最後の言葉を自嘲《じちょう》気味に放ったあと、梅花藻の記事は本当に良かった、と呟いた。

「あの記事、何度も読み返したんですよ。ラストの数行は諳《そら》んじることもできます」

――梅花藻が川のせせらぎに身を任せる様子は、根のない草がようやく落ち着く先を得て安心しているように見える。だからこそ澄んだ水に礼を言うために、季節はずれの夏に梅の花を咲かせるのだろう。水音を聴きながら見ていると、この小さな花がささやかな幸福のかたちを知っているように思えてくる――

伝票を手前に引き寄せ、彼がぽつりと言った。

「本当はね、あなたのお父さんにお金を借りるつもりだった。最近ちょっとした失敗をやらかしたものだから。匂いのいい思い出話や昔の借りや貸しなんかをちらつかせながら、ちょいと都合してくれないだろうかなんてね。山師の血はいつまで経っても薄くはならないもんですね。亡くなってるとは思わなかった。申しわけないことです。いつになるかはわからないけど、どこかに落ち着けたらまた連絡させてください」

古賀を見送ったあと、六花は湖の対岸に建つ総合病院へと向かった。

三階の入院病棟フロアに立つと、消毒薬と床に塗られたワックスのにおいで、先ほど飲んだコーヒーが喉元にせり上がってきた。数秒立ち止まると、ナースセンターの向こうから父がやってくるのが見えた。父は六花に気づいてもむっつりとした表情のままだった。こちらが声を掛けなければ、そのまますれ違ってしまいそうなほど歩調も変えない。

「お母さんの具合、どうなの」

「点滴も少なくなってるし、リハビリも順調だ。このぶんだと年末には家に戻れるって聞いた」

父はすぐにエレベーターのボタンを押した。久し振りに会った娘と立ち話をするのが気詰まりらしい。必要なことすら話さない父と娘になって、十五年は経っているだろう。用事はすべて母を介していたし、その母が入院でもしなければ会うこともない存在だった。

「お父さんの体調はどうなの」

「俺のことはいい」

エレベーターのドアが開くと、父はじゃあと言って箱の中に逃げ込んだ。

六花が病室に入ると、ベッドでテレビを見ていた母が耳からイヤホンを外した。窓から、ついさっき古賀と会っていた菓子店の明かりが見える。六花は母まで死人にしてしまったことを心で詫《わ》び、にっこりと笑った。

結婚するまではぎくしゃくしていた母娘関係も、いつの間にか解《ほど》けていた。わだかまりが完全に消えたとは言い難いが、ここ数年は年の離れた友人のような関係に落ち着いている。

六花が結婚するときも離婚するときも、母は「良かったじゃない」と言った。冷たいもんだと文句を言えば、女同士は冷たいくらいでちょうどいいと返してくる。

年相応に女を手放す母と、まさに今女の坂を上る娘のバランスは、年かさのある方が主導権を握って上手《うま》くいっている。

「今日は一体どういう日なんだろ」

母は「お父さんとあんたが入れ違いにやってきた」と口元をほころばせた。頰には濃いシミがいくつも浮き出ており、若い頃の艶《つや》めいた面影はない。ちょっとこれ見てよ、と母がベッドの足もとにある介護テーブルを指さした。紙皿の上に、皮を剝《む》いて一口大に切った林檎《りんご》が置かれている。

「お父さんが置いていったの。今は自分でご飯炊いて、一日二食ちゃんと食べてるんだって。なんか信じられないねぇ」

「エレベーターの前で会ったけど、なんだか逃げるみたいにして帰っちゃった」

「気が小さいからね。娘と立ち話できるほど度胸もないし。実はあんたが怖くて仕方ないんだよ」

「別に怖がることはないでしょう」

母はシミだらけの頬を持ち上げ笑った。

釧路に流れてきてからの母は、床屋を続けることもできず夜の街に出た。場外馬券場やパチンコ、競艇とあらゆる誘惑に負け通しの父も、五年前に肝臓を患ってからはおとなしいものだった。丸椅子に腰掛け、ねぇ、と訊《たず》ねてみる。

「なんで別れなかったの。ああいう人は一生治らないってわかっていたくせに。さっさと見放してやった方がお互いのためとは思わなかったの」

母は黙って娘の問いに微笑んでいる。

あの夏、古賀が去ってから何度か台所で泣いているのを見た。ふたりが夜更けに階段下で交わした言葉は、いつまで母を迷わせていたろう。

「このまま僕の車に乗りなさい。六花ちゃんも一緒に。このあと何があったとしても、ここに居るよりはましです」

「私は、亭主の約束を守っただけです」

「あなたがそう思いたいならそれでもいい。そんなことはどうでもいいんだ。早く支度をしてください」

会話はそこで途切れた。結局母は古賀の車には乗らず、六花も朝まで起こされることはなかった。翌日からまた元通りの生活が始まり、母がこっそりと泣く回数も減って、夏が終わった。

秋風が吹く頃には父は自分のしたことも忘れ、ときどき娘を相手に夢物語をするようになった。

「お父さんたらね、蜜柑《みかん》も置いて行ったんだよ。私の病気のこと、未《いま》だに理解してないみたい」

母は重度の糖尿病を患っていた。カロリー制限とインシュリン投与では足らず、もう二か月ほど入院している。最近ようやく諦《あきら》めがついたのか、十年前に血を吐く思いで手に入れたおでん屋も閉めることに決めたという。母が指し示した窓辺に冬蜜柑が詰まった袋があった。それが父の精一杯の気持ちなんだと母が言う。

「ひとつちょうだいね」

母の返事を待たず、冬蜜柑に手を伸ばした。ふと思い立って、いつか古賀が教えてくれたようにヘタからクルクルと林檎のように剝いてみる。ベッドの上から、母は黙って娘の手元を見ていた。あっという間にひとつ平らげると、急にもうひとつ食べたくなった。苺《いちご》ショートでもたれた胃を蜜柑が洗い流して行く。味覚が変化していることに、ふたつ目の皮を剝いているとき気づいた。

「お父さんと別れなかった理由ったってねぇ」

「私にはとても理解できない」

「あんたみたいに思い切りのいいことはできなかったねぇ。なんでだろ」

ただね、と母は言った。

「結局駄目にはなっちゃったけど、あんたが花嫁衣装を着ているのを見たとき、娘を産んで育てたことがものすごく幸福なことに思えたんだよ。女の子って、幸せがかたちになって見えるんだと思ってさ。まぁ、あんたがいなけりゃ別れてたかもしれないねぇ。別に子供のせいにしたいわけじゃあないけど。とりあえず並んでいれば見栄えもしたろうし、あんなにごうごう泣くお父さん見たのも初めてだったし、結果的に良かったんじゃないの」

そんなものかと思いながら、三つ目の蜜柑に手を伸ばした。

「お父さんね、あんたが書いた記事みんなスクラップにしてるんだよ。ああいうところがみんな、ほかのどうしようもないところを包み込んじゃうんだよねぇ。過ぎちゃえば、いろんなことがどうでも良くなる。私は男に対しても貧乏性なのかもしれない」

それは貧乏性とは呼ばず幸福のハードルが低いだけだと説明すると、母はもう一度高らかに笑った。

今はまだ、父がその胸の内側でなにを悔いてなにを思っていたとしても、容易に気持ちが解けるような気はしなかった。それで親としての気が済むのなら好きなだけ続ければいいと思うだけだ。蜜柑で膨れた腹をさすっていると、肩の力が抜けていった。

母はひとしきり理学療法士の口のきき方に文句を並べたあと、トイレへ行くと言ってベッドの端に脚を下ろした。六花は壁に立て掛けてあった松葉杖《づえ》を手に取り、立ち上がろうとする母の脇に添えた。礼を言って立ち上がった母の寝間着の、右の膝《ひざ》から下がふわふわと頼りなく揺れた。

あの夏の夜に古賀の腰を包み込んだ右脚は、病気の進行でひと月前に切断した。退院後は義足の生活になる。暗い廊下を母の歩調に合わせてゆっくりと進んだ。鼻先に残る蜜柑の香りのお陰でリノリウム臭さは気にならなくなっていた。

母がトイレの前でつと立ち止まった。そして娘の顔をまじまじと見つめ言った。

「あんた、心配事があるだろう」

そんなものはないと答えると、母は「蜜柑三つも食べておきながら」と吐き捨てた。

「甘いものが駄目になったろう。いつも胸が悪くないかい。そのくせ蜜柑にだけは手が伸びる。まったくおかしなところが似るもんだ」

返す言葉もなく突っ立ったままの六花に向かって、震えながら母が続けた。

「私たちみたいな夫婦を見て育ったら、そりゃあ不安だとは思うけどさ。だからこそ、妙な常識なんぞ持ち出さずに済んでる。片足はないけど私、いい祖母《ばあ》ちゃんになるよ。あんたもこれから先は子供に支えられながら生きて行けばいい。産めるのなら、産みなさい」

産みたいんじゃないのかい――。母の目からほろほろと涙が溢《あふ》れ落ちた。

翌年七月、産休に入る日がやってきた。今日は昼までに挨拶《あいさつ》を済ませ、午後からは健診のため真っ直ぐ助産院に向かう予定だった。

二度目の別れ話をする際、元夫に「経済面及び精神面において、今後一切面倒なことは申しません」という旨の一筆を書かされたが、素直に承諾したため話が大きくこじれることはなかった。狭い街で、あとから妙な噂が耳に入るよりはいいと思って告げた妊娠だったが、はからずも男の腹の内を見ることとなった。

別れ際、「DNA鑑定もしたくないし、認知もできない」と彼は言った。自分にも生まれたばかりの赤ん坊がいるというのがその理由だった。一切関わらずに生きることを彼が心配するほど大変なこととは思わなかった。六花は精一杯笑顔を作って「いいよ」と応《こた》えた。

未婚でも既婚でも、会社には婦女子の労働について定められた規定がある。最大限活用させていただきますと宣言した六花を待っていたのは遠回しな「パワー」「セクシャル」両面のハラスメントだったが、お陰で同僚からの支援が得られた。

「来年、もっとパワーアップして帰ってきます」をひとまずの挨拶にして、社屋をでた。長い夏休みの終わりを感じながら、一体どんな子に会えるやらと期待を寄せる。

数日ぶりに霧が晴れ、空は青さを取り戻していた。立ち止まり上空を見上げたとき、肩に提げたバッグの中で携帯電話が震えだした。発信者の男は、自分はK保険会社の調査員であると名乗った。

「実は、古賀知明《ともあき》さんの生命保険のお受取人が、叶田六花様となっておりまして」

調査員は淡々とした口調で、正確にはあなたのお子さんという特記事項が入っていますが、と付け足した。菓子店の喫茶部で見た古賀の顔が脳裏に浮かぶ。

「あなたがひとりでお子さんを育てておられたらそれは自分の子だから、ということです。もしも別の方とご結婚されていたり、ご自分でお子さんを育てていないようであれば、しかるべき手続きを取って古賀さんご自身が死亡した函館市に寄付したいということでした。古い付き合いがあるという弁護士事務所に、書面が保管されておりました」

「古賀さんは、亡くなったんですか」

「ええ。先月、函館の病院で」

「弁護士事務所に残されていたという書面の日付を教えてください」

耳元にがさがさと書類を引き寄せる音が入ってきた。

「作成日時は昨年の十二月二十四日となっております」

明日にでも弁護士と一緒に事実確認に出向きたいのだが、と彼が言った。

「確認といっても、まだ生まれていないんですが」

予《あらかじ》め用意していた脚本でも読むように話していた調査員の声が詰まった。

歩きながら話しているうちに、いつの間にか河口に架かる橋の上まできていた。そろそろ臨月に入る腹はぐっと下がって重たいが、もう胸が苦しくなることもない。あとは赤ん坊が決めた日に彼女が決めたかたちで生まれてくるのを待つだけだった。どうやら女の子らしいと告げると、母はまた大粒の涙をこぼした。

携帯電話を耳にあてたまま、河口から広がる海原を見た。自分が一体どこに根付こうとしているのか考えてみる。不思議と古賀がもうこの世にいないことを悲しいとは感じなかった。ただ、六花より少し先に根付く先を見つけたのかもしれないと思うだけだ。

「来月生まれる予定なんです。それまでお待ちいただけませんか」

「わかりました。弁護士と相談の上、もう一度ご連絡させてください」

通信の切れた携帯電話をショルダーバッグに放り込んだ。せり出した腹を撫《な》でる。もう目立った胎動はなくなり、張りの強くなる回数が増えていた。母は膨らみの下がり具合を見て、もしかしたら予定より早いかもしれないと言った。

「ねぇ」

六花は川面《かわも》から海、そして水平線へと視線を移しながら、腹の中でじっと母親を窺《うかが》っている赤ん坊に語りかけた。

「私たちに、パパができたよ」

数日ぶりに晴れた空を、カモメが横切ってゆく。潮の香りを胸いっぱいに吸い込んでみる。赤ん坊に会う頃はもう、霧の季節も終わっているだろう。毎日高くて青い空が広がっているはずだ。こんな風に——。

解説

川本三郎

すぐれた作家は自分に固有の場所、土地を持つ。物語というものは、それを生み出す風土に作者が愛着を持っていなければ成り立たない。北海道に生まれ育った桜木紫乃にとって、物語が立ち上がってくる場所は、当然なことに北海道である。これまでの作品のほとんどすべてが北海道を舞台にしている。この短篇集の七つの作品もまた北海道の物語である。

冬が厳しい。雪が深く積もるところが多い（とくに内陸部）。生きてゆくには除雪の作業が欠かせない。重い雪を除くとまた新しい雪が積もる。それをまた除く。桜木紫乃の小説は、生きる悲しみや痛みという雪を、ひとりで繰返し取り除いている人間の厳しさを感じさせる。

主人公の多くは格差社会の現代の片隅に生きている。華やかな表通りから一歩奥に入った裏通りでひっそりと生きている。桜木紫乃はそうした人間たちにこそ寄り添おうとする。

北海道は、札幌一極集中が進み、その他の町は経済が振わず寂れていっているところが多い。鉄道は廃線になる。商店街はシャッター通りになってゆく。若者は働き場所がなく町を出てゆく。地方の衰退は現代の日本の大きな問題だが、北海道の多くの町も衰退にさらされている。

桜木紫乃の小説は、そうした北海道の厳しい現実を背景にしている。といっても、それを大上段に社会問題として取り上げるのではない。あくまでもそこに生きるひとりひとりの人間の日常をとらえようとする。文学とはあくまでも個を見つめ、個を追求する営みである。

冒頭の「波に咲く」は、北海道の、日本海に面した小さな町で、家を継いで酪農に従事する秀一という男を主人公にしている。酪農は動物を相手にするから労働がきつい。休みも満足にとれない。当然、嫁の来手がない。そこで町では、中国の女性を嫁に迎えようとする手立てを考える。

秀一は、花海《ホアハイ》という、中国の貧しい村からやって来た二十五歳の女性を嫁にもらう。三十歳まで女を知らなかった秀一は花海を大事にする。しかし、異国からやって来た孤独な女性となかなかうまくコミュニケーションが取れない。両親との関係もうまくゆかなくなる。

桜木紫乃は二〇〇二年に「雪虫」がオール讀物新人賞を受賞してデビューしたが、

この「雪虫」も酪農を営む三十代の男性がフィリピンの少女を嫁にもらう話だった。はじめはうっとうしく思っていた少女を次第にいじらしく思うようになってゆき、最後、優しく抱き締める。自分しか頼る人間がいない少女を不幸にしたくないと思う。

「波に咲く」の秀一も、花海と次第にうちとけあってゆく。最後、花海が中国語で「我愛爾《ウオアイニイ》」と呟《つぶや》くところは胸が詰まる。

ただの愛情とは違う。「雪虫」でもそうだったが、ここでも二人は、厳しい寒さのなかでお互いの身体を暖め合うように抱き合っている。冬の寒さを知っている者だけに通い合う、必死の、すがりつくような愛情だ。

北海道は本土のさまざまな土地からやってきた人間が助け合って町を作ってきた。いわば誰もが他所者《よそ》だといっていい。だからこそ切実な愛情が生まれる。

「海へ」は、「波に咲く」とは対照的に物悲しい。暗い。それでいて強さがある。孤独の窮極から生まれてくる強さといえばいいだろうか。現代小説の傑作のひとつだと思う。

次第に寂れてゆく釧路《くしろ》の町を舞台にしている。千鶴という女（ここは「女性」より「女」と書きたい）は裏通りに生きている。川べりのうらぶれた家に住み、身体を売って暮らしている。元新聞記者だった、どうしようもない男がヒモのようになっている。男とセックスをしても空しさばかりが残る。身体は男を求めても、心はもうとうに離れている。

先の見通しなど何もない。惰性で、ただ日々をやり過している。安っぽいホテルで客に抱かれ、殺風景な川べりの家に戻ってくる。

千鶴と男との関係は平たくいえば腐れ縁だろう。そういえば他の作品でも、この男のように甲斐性《かいしょう》のない、社会の落伍者《らくご》が多い。「プリズム」のトラックの運転手は、交通事故を起こして会社を馘《くび》になり、女に美人局《つつもたせ》まがいのことをやらせる。「絹日和」の夫は、炭鉱の職を失ってからまともな職がなくなり、荒《すさ》んだ暮らしをするようになる。「根無草」の父親は地道に働こうとせず悪銭を手にしようとして失敗を重ねる。

男たちがだらしないから女たちが強くならなければならない。ひとりで除雪をしなければならない。

「絹日和」の、夫と別れひとり美容師として生きてゆこうとする奈々子。「根無草」の、夫と別れたあと子供を産んでひとりで育ててゆこうと決意する新聞記者の六花。「フィナーレ」の、ストリッパーの志おり。女たちは誰もが強い。「波に咲く」では秀一が、異国で毅然《きぜん》として生きてゆく花海にいう。「強いな、お前は」。「風の女」の美津江も、小さな町で書道教室を開いてひとりで生きてきた。除雪もひとりでした。

「海へ」の千鶴は、こうした女たちのひとりで、決して男に頼ろうとしない。口数が少ない女で、どこかあきらめからくる落着きがある。男になまなましい感情をぶつけたりはしない。冷たく男を観察している。近作『ワン・モア』の、北海道の日本海側に浮かぶ島にある診療所で医師として働く美和とも似ている。男と寝ることはあっても決して男に寄りかからない。男に対して醒《さ》めている。桜木紫乃はこういう女を好んで描く。桜木紫乃の小説が読者に媚《こ》びない良さを持っているのは、彼女たちが作品の芯《しん》になっているからだろう。

「海へ」では、加藤という千鶴の常連客となる中年男も強い印象に残る。水産会社を経営しているという話だが、それにしては押しが強くない。内気で、千鶴に対して、おどおどしている。なぜか千鶴に執着し、「専属契約」にしたいと望む。千鶴の男が、またジャーナリストとして働くためにまとまった金が欲しいとせびる。千鶴が加藤に、その二十万円という金を無心すると加藤は次の日、何に使う金かと聞くこともなく出してくれる。水産会社を経営しているという話は本当らしい。

しかし、ある時、郊外の大型スーパーに買物に出かけた千鶴は、そこで思いもかけない加藤の姿を見てしまう。

五十歳を過ぎた男が、商売女の前で小さな見栄《みえ》を張っていた。その嘘がわびしく切ない。この男は、千鶴のヒモになっている男のようなだらしない落伍者ではない。実直に仕事をしている。それだけに、スーパーの加藤の姿（それをここで詳しく書くのは控えよう）がやるせなく迫ってくる。

男との別れのあとに、このスーパーの場面を持ってきたことで「海へ」は傑作として立ち上がった。無論、千鶴は嘘をついていた男を軽蔑《けいべつ》しているのではない。ただ千鶴は一瞬、無性に悲しくなった。その彼女の悲しみが確実に読者に伝わってくる。寂れてゆく北の町の隅に小さな悲しみがごろんところがっている。

「プリズム」は凄《すさ》まじい小説だ。七篇のなかで唯一、人が殺される。仁美という女もまた下積みの暮らしをしている。小さな運送会社の事務員をしている。その会社の四十男のトラックの運転手と腐れ縁が続いている。

仁美はアルバイトの大学生と出来てしまう。ある日、大学生とアパートでセックスしているところを男に見られてしまう。逆上した男は大学生を衝動的に殺してしまう。

そのあとどうするか。うろたえ、自首しようとする男に逆らって仁美は、死体をトラベルキャリーに押し込み、男を誘いこんで海に捨てにゆく。

ここでも仁美は決して感情的にはならない。醒めている。男のことも自分のことも他人のように見ている。仁美もまた桜木紫乃が好んで描く、ひとりで生きる強い女のひとりといっていいだろう。

どの作品も北海道の風景、風土がよく描きこまれている。土地、場所を大事にする作家だけに桜木紫乃の風景描写は素晴らしい。人間たちの生きるさまを描きながら、同時に、視線は彼らを取り囲む風景に向けられる。近景と遠景が巧みに溶け合う。「波に咲く」の雪にとざされた牧場。「海へ」の川べりの廃屋のような家、安ホテル。「プリズム」の夜明けの港。「フィナーレ」の早朝の札幌の大通り。「絹日和」のホテルの最上階から眺められた札幌の町。「根無草」の人口一万人に満たない山間部の温泉町。

　文章のなかから北海道の風景が立ち上がってくる。観光絵葉書にあるような美しい北海道ではない。人々の暮らしがしみこんだ風景、人間を小さな存在に見せてしまう荒漠とした風景。桜木紫乃は風景のなかに人間を置こうとする。

　北海道の風景は寂れていても湿っぽくはない。風土という言葉は風と土から成る。本土の風景が土とすれば、北海道は風だ。いつも風が吹いている。「風の女」の風力発電の風車が並ぶ海辺の丘はそれを象徴している。

　桜木紫乃の世界が、暗いにもかかわらず決して湿っぽくないのは、いつも作品のどこかで風が吹いているからだろう。

　吹雪のなかで迷子になったら下手に動くなという。かえって危ない。じっと吹雪のなかで耐える。吹雪がおさまるのをひとりで待つ。悲しみを抱えて、いつかそれが癒えるまで立ちどまる。この小説の女たちにはその強さがある。それが読者を静かに感動させる。

桜木紫乃はいまも北海道を離れない。そこを自分の文学の場所と定めている。かつて「草のつるぎ」で芥川賞《あくたがわしょう》を受賞した野呂《のろ》邦暢《くにのぶ》は東京から故郷の長崎県に戻り、その地で小説を書き続けた。「地方を舞台に普遍を描く」という思いで。桜木紫乃も同じ思いだろう。

本書は二〇〇九年十二月に小社より刊行した単行本『恋肌』を改題の上、大幅な加筆・修正をほどこし、新たに未発表作品「風の女」を加えて文庫化したものです。

誰《だれ》もいない夜《よる》に咲《さ》く

桜《さくら》木《ぎ》紫《し》乃《の》

角川文庫 17767

平成二十五年一月二十五日　初版発行

発行者—井上伸一郎
発行所—株式会社角川書店
東京都千代田区富士見二—十三—三
電話・編集（〇三）三二三八—八五五五
〒一〇二—八〇七八
発売元—株式会社角川グループパブリッシング
東京都千代田区富士見二—十三—三
電話・営業（〇三）三二三八—八五二一
〒一〇二—八一七七
http://www.kadokawa.co.jp

印刷所—暁印刷　製本所—BBC
装幀者—杉浦康平

さ 59-1　ISBN978-4-04-100652-8　C0193

角川文庫発刊に際して

角川源義

第二次世界大戦の敗北は、軍事力の敗北であった以上に、私たちの若い文化力の敗退であった。私たちの文化が戦争に対して如何に無力であり、単なるあだ花に過ぎなかったかを、私たちは身を以て体験し痛感した。西洋近代文化の摂取にとって、明治以後八十年の歳月は決して短かすぎたとは言えない。にもかかわらず、近代文化の伝統を確立し、自由な批判と柔軟な良識に富む文化層として自らを形成することに私たちは失敗して来た。そしてこれは、各層への文化の普及滲透を任務とする出版人の責任でもあった。

一九四五年以来、私たちは再び振出しに戻り、第一歩から踏み出すことを余儀なくされた。これは大きな不幸ではあるが、反面、これまでの混沌・未熟・歪曲の中にあった我が国の文化に秩序と確たる基礎を齎らすためには絶好の機会でもある。角川書店は、このような祖国の文化的危機にあたり、微力をも顧みず再建の礎石たるべき抱負と決意とをもって出発したが、ここに創立以来の念願を果すべく角川文庫を発刊する。これまで刊行されたあらゆる全集叢書文庫類の長所と短所とを検討し、古今東西の不朽の典籍を、良心的編集のもとに、廉価に、そして書架にふさわしい美本として、多くのひとびとに提供しようとする。しかし私たちは徒らに百科全書的な知識のジレッタントを作ることを目的とせず、あくまで祖国の文化に秩序と再建への道を示し、この文庫を角川書店の栄ある事業として、今後永久に継続発展せしめ、学芸と教養との殿堂として大成せんことを期したい。多くの読書子の愛情ある忠言と支持とによって、この希望と抱負とを完遂せしめられんことを願う。

一九四九年五月三日

角川文庫ベストセラー

あしたはうんと遠くへいこう　角田光代

泉は、田舎の温泉町で生まれ育った女の子。東京の大学に出てきて、卒業して、働いて。今度こそ幸せになりたいと願い、さまざまな恋愛を繰り返しながら、少しずつ少しずつ明日を目指して歩いていく……。

愛がなんだ　角田光代

OLのテルコはマモちゃんにベタ惚れだ。彼から電話があれば仕事中に長電話、デートとなれば即退社。全てがマモちゃん最優先で会社もクビ寸前。濃密な筆致で綴られる、全力疾走片思い小説。

さらば、荒野　北方謙三

冬は海からやって来る。静かにそれを見ていたかった。だが、友よ。人生を降りた者にも闘わねばならない時がある。夜、霧雨、酒場。本格ハードボイルド〝ブラディ・ドール〟シリーズ開幕！

青山娼館　小池真理子

東京・青山にある高級娼婦の館「マダム・アナイス」。そこは、愛と性に疲れた男女がもう一度、生き直す聖地でもあった。愛娘と親友を次々と亡くした奈月は、絶望の淵で娼婦になろうと決意する――。

この世でいちばん大事な「カネ」の話　西原理恵子

お金の無い地獄を味わった子どもの頃。お金を稼げば自由を手に入れられることを知った駆け出し時代。お金と闘い続けて見えてきたものとは……「カネ」と「働く」の真実が分かる珠玉の人生論。

角川文庫ベストセラー

静かな黄昏の国　篠田節子

終身介護施設の営業マンの言葉にのり、自然に囲まれた家に向かう老夫婦。しかしその施設に入所したものは、三年以内に自然死を迎えるという――（表題作）。時代を先取りした戦慄の作品集。

純愛小説　篠田節子

純愛小説で出世した女性編集者を待ち受ける罠と驚愕の結末。慎ましく生きてきた女性が、人生の終わりに出会った唯ひとつの恋など、大人にしかわからない恋の輝きを、ビタースイートに描く。

人間失格　太宰治

無頼の生活に明け暮れた太宰自身の苦悩を描く内的自叙伝「人間失格」。家族の幸福を願いながら、自らの手で崩壊させる苦悩を描いた絶筆「桜桃」を収録。

日本以外全部沈没　筒井康隆
パニック短篇集

地球の大変動で日本列島を除くすべての陸地が水没！　日本に殺到した世界の政治家、ハリウッドスターなどが日本人に媚びて生き残ろうとするが。時代を超越した筒井康隆の「危険」が我々を襲う。

陰悩録　筒井康隆
リビドー短篇集

風呂の排水口に○○タマが吸い込まれたら、自慰行為のたびにテレポートしてしまったら、突然家にやってきた弁天さまにセックスを強要されたら。人間の過剰な「性」を描き、爆笑の後にもの哀しさが漂う悲喜劇。

角川文庫ベストセラー

あゝ、荒野　寺山修司

60年代の新宿。家出してボクサーになった〝バリカン〟こと二木建二と、ライバル新宿新次との青春を軸に、セックス好きの曽根芳子ら多彩な人物で繰り広げられる、ネオンの荒野の人間模様。寺山唯一の長編小説。

十九歳のジェイコブ　中上健次

クスリで濁った頭と体を、ジャズに共鳴させるジェイコブ。癒されることのない渇きに呻く十九歳の青春を、精緻な構成と文体で描く。渦巻く愛と憎しみ、そして死。灼熱の魂の遍歴を描く、青春文学の金字塔。

紀州　木の国・根の国物語　中上健次

紀州、そこは、神武東征以来、敗れた者らが棲むもう一つの国家で、鬼らが跋扈する鬼州、霊気の満ちる気州だ。そこに生きる人々が生の言葉で語る、〝切って血の出る物語〟。隠国・紀州の光と影を描く。

軽蔑　中上健次

新宿歌舞伎町のポールダンスバーの踊り子、真知子と、名家の一人息子として生まれながら、上京しヒモになっていたカズ。熱烈に惹かれ合った二人は、故郷に帰って新しい生活を始めるが。

二度はゆけぬ町の地図　西村賢太

日雇い仕事で糊口を凌ぐ17歳の北町貫多は、彼の前に現れた一人の女性のために勤労に励むが……夢想と買淫、逆恨みと後悔の青春の日々とは？　『苦役列車』の著者が描く、渾身の私小説集。

角川文庫ベストセラー

人もいない春　西村賢太

親類を捨て、友人もなく、孤独を抱える北町貫多17歳。製本所でバイトを始めた貫多は、持ち前の短気と喧嘩っぱやさでまたしても独りに……『苦役列車』へと連なる破滅型私小説集。

ワンス・ア・イヤー　私はいかに傷つき、戦ったか　林真理子

ここにくるまで、私はどれほど傷つき、戦ってきたことか。身を切るような恋の出会いと別れの日々。23歳から36歳まで、人生を決定づける14年間の愛と葛藤のすべてを一年ごとに描いた自伝長編小説。

男と女とのことは、何があっても不思議はない　林真理子

「女のさようならは、命がけで言う。それは新しい自分を発見するための意地である」。恋愛、別れ、仕事、ファッション、ダイエット。林真理子作品に刻まれた宝石のような言葉を厳選、フレーズセレクション。

乾山晩愁　葉室麟

天才絵師の名をほしいままにした兄・尾形光琳が没して以来、尾形乾山は陶工としての限界に悩む。在りし日の兄を思い、晩年の「花籠図」に苦悩を昇華させるまでを描く歴史文学賞受賞の表題作など、珠玉5篇。

実朝の首　葉室麟

将軍・源実朝が鶴岡八幡宮で殺され、討った公暁も三浦義村に斬られた。実朝の首級を託された公暁の従者が一人逃れるが、消えた「首」奪還をめぐり、朝廷も巻き込んだ駆け引きが始まる。尼将軍・政子の深謀とは。

角川文庫ベストセラー

秋月記　葉室　麟

筑前の小藩、秋月藩で、専横を極める家老への不満が高まっていた。間小四郎は仲間の藩士たちと共に糾弾に立ち上がり、その排除に成功する。が、その背後には本藩・福岡藩の策謀が。武士の矜持を描く時代長編。

天保悪党伝　新装版　藤沢周平

江戸の天保年間、闇に生き、悪に駆ける者たちがいた。御数寄屋坊主、博打好きの御家人、辻斬りの剣客、抜け荷の常習犯、元料理人の悪党、吉原の花魁。6人の悪事最後の相手は御三家水戸藩。連作時代長編。

春秋山伏記　藤沢周平

白装束に髭面で好色そうな大男の山伏が、羽黒山からやってきた。村の神社別当に任ぜられて来たのだが、神社には村人の信望を集める偽山伏が住み着いていた。山伏と村人の交流を、郷愁を込めて綴る時代長編。

夜の足音　短篇時代小説選　松本清張

無宿人の竜助は、岡っ引きの粂吉から奇妙な仕事を持ちかけられる。離縁になった若妻の夜の相手をしろという。表題作の他、「噂始末」「三人の留守居役」「破談変異」「廃物」「背伸び」の、時代小説計6編。

蔵の中　短篇時代小説選　松本清張

備前屋の主人、庄兵衛は、娘婿への相続を発表し、仕合せの中にいた。ところがその夜、店の蔵で雇人が殺される。表題作の他、「酒井の刃傷」「西蓮寺の参詣人」「七種粥」「大黒屋」の、時代小説計5編。

角川文庫ベストセラー

或る「小倉日記」伝　松本清張

史実に残らない小倉在住時代の森鷗外の足跡を、歳月をかけひたむきに調査する田上とその母の苦難。芥川賞受賞の表題作の他、「父系の指」「菊枕」「笛壺」「石の骨」「断碑」の、代表作計6編を収録。

パンク侍、斬られて候　町田康

「腹ふり党」と称する、激しく腹を振って踊る新宗教が蔓延し、多くの藩が疲弊していた。牢人・掛十之進はそのいかがわしい弁舌と剣の実力を駆使し活躍するが……。

不道徳教育講座　三島由紀夫

大いにウソをつくべし、弱い者をいじめるべし、痴漢を歓迎すべし等々、世の良識家たちの度肝を抜く不道徳のススメ。西鶴の『本朝二十不孝』に倣い、逆説的レトリックで展開するエッセイ集、現代倫理のパロディ。

時刻表2万キロ　宮脇俊三

当時会社員だった著者が週末を利用し、それまで乗っていなかった国鉄の路線・2万キロの完全乗車達成に挑んだ。三年もの歳月をかけ、時刻表を駆使しながら成し遂げた挑戦の記録。鉄道紀行の最高峰。

ロマンス小説の七日間　三浦しをん

海外ロマンス小説の翻訳を生業とするあかりは、現実にはさえない彼氏と半同棲中の27歳。そんな中ヒストリカル・ロマンス小説の翻訳を引き受ける。最初は内容と現実とのギャップにめまいものだったが……。